KB098022

나의 인도

나의 인도

박완서 법정 신경림 이해인 문인수 강석경
나희덕 동명 박형준 김선우 이재훈 지음

책읽는섬

갠지스강가 돌계단에 쭈그리고 앉은 더부룩한 금발의 젊은이,

그는 프랑스에서 왔다 했다.

무엇을 느꼈느냐는 물음에 주저 없이,

Dollar
Club

인생을 느꼈다며 그지없이 행복하게 웃었다.
반바지 차림에 슬리퍼 같은 신을 신은 그는
며칠째 그 강가에서 잠을 잤다는 것이었다.

조정래, 「인도, 삶의 영원한 거울」에서

차례

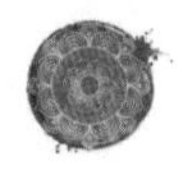

내 마음의 지도

—

김선우

오늘은 어디에서
길을 잃을까.
다른 사람에겐 전혀 소용이 없는
나만의 지도 위로
오늘의 햇빛이 떨어진다.
미스터 블링블링이 찍어 놓은
열쇠 모양 발자국이
햇살에 반짝거리는 아침이다.

3년 만의 인도였다. 밤 1시. 첸나이 공항에 내리는 순간 훅 끼쳐 오는 남국의 열기와 특유의 인도 냄새. 배기가스와 각종 향신료와 향냄새, 사람 냄새뿐 아니라 소와 개 같은 동물 냄새 등이 뒤섞여 만드는 묘한 인도 냄새가 제일 먼저 후각을 자극한다. 흐음. 출국 심사대를 나서는 순간 걸음을 멈추고 살짝 눈을 감은 채 느리고 깊게 심호흡을 한다. 한 번…… 두 번…… 세 번……. 여행지에 도착할 때 내가 가장 먼저 하는 일종의 의례다. 새로운 공간에 발을 디딜 때 그 공간에 드리는 노크 같은 것. '나'라는 이방인을 잘 맞아 주시길 빌며 미리 내 숨결을 살짝 보태 놓는 거다.

인도를 여행해 본 분들은 알겠지만 인도 여행은 여행에 대한

'낭만적 접근'을 용납하지 않는다. 인도를 여행하는 일은 어딘가 아파지는 일이다. 일단 몸이 몹시 고된 데다 맞부딪히는 풍경들은 우리의 마음과 영혼을 들쑤셔 놓기 일쑤다. 도시 문명의 안락함 속에서 병들었으나 병든 줄 모르고 있던 마음의 어떤 부위를 인도는 특이한 방식으로 깨우는데, 자신의 병든 데가 보이면 여행자는 힘들어진다. 그 힘듦을 맞대면하면서 점차 자유로워지고, 아파진 후 문득 성장해 있는 자신을 발견하는 기쁨. 인도 여행이 '순례'라는 이름에 적합해지는 것도 그런 이유 때문이리라.

인도에 대한 낭만적 접근을 버린 지는 오래되었으나, 오로빌은 인도라고 말하기엔 '인도스럽지 않고' 인도가 아니라고 하기엔 또 '인도스러운' 묘한 느낌을 내게 주던 곳이다. 그러니 공항 밖을 빠져나오며 나는 여전히 조금 '낭만적으로' 설레고 있었다. 그런 나의 설렘에 가속기를 달아 준 건 뜻밖에도 오로빌의 택시 드라이버.

첸나이 국제공항은 조그만 시골 공항의 분위기가 난다. 조도가 낮은 불빛의 청사는 좁고 후덥지근하다. 공사 중인 어두컴컴한 복도식 터널을 통과해 공항 밖으로 나오는 동안 내 온몸을 감싸는 남국의 어둠. 아, 그렇지, 지금은 한밤중. 현지 시각으로 시계를 맞추며 갑자기 나는 조금 긴장했다. 이 한밤중에 오로빌까지 세 시간 반 이상을 택시를 타고 가야 한다는 현실의 환기.

그것도 택시 드라이버와 나 단둘이서!

입국장엔 기다리는 사람의 이름이 적힌 팻말을 든 현지인들로 가득하다. 나는 천천히 카트를 밀고 나오며 미리 예약해 놓은 오로빌의 택시 드라이버를 찾았다. 혹시라도 안 나왔으면 어쩌지. 나오긴 했는데 엄청 험한 인상의 사람이면 그건 또 어쩌지. 어떤 일이 일어나도 '디스 이즈 인디아(This is India)'라는 말로 모든 게 허용되는 게 이 나라다. 차라리 공항에서 밤을 지새우고 아침에 움직일 걸 그랬나. 시간을 조금이라도 낭비하고 싶지 않아 한밤중의 이동을 작정한 것이 약간 후회되려는 순간, 내 눈앞이 환해졌다. 흰 도화지에 '선우'라고 쓰인 표지판을 든 말끔한 입성의 젊은 남자가 나를 바라보며 환하게 웃고 있었다. 막 다림질해 입고 나온 것처럼 각이 잘 잡힌 깨끗한 흰 셔츠와 흰 바지. 그는 뒤섞여 있는 다른 사람들 속에서 유독 단정한 택시 드라이버이고 그를 보는 순간 굳이 내 이름자가 적힌 표지판이 아니었다 해도 '이 사람이 오로빌의 택시 드라이버로군.' 하는 안도의 마음이 들게 했다.

내 짐을 챙겨 트렁크에 싣고 출발하기 전 뒷좌석의 나에게 편안한지 물어보는 젊은 청년 무티는 오로빌 택시 드라이버라는 자긍심이 가득한 몸짓과 화법을 보여 주었다. 자기 직업을 사랑하는 사람의 예의 바르고 당당한 매너. 뒷좌석에 비치해 놓은 깨끗한 작은 쿠션에선 재스민 냄새가 풍겼다. 나는 쿠션을 목에 괴고 편안한 마음으로 눈을 감았다. 살짝 긴장했던 마음의 불안이 화창하게 걷히자 졸음이 몰려오기 시작했다.

어떻게 나를 단박에 알아봤어요? 오로빌에 오는 손님들은 느낌이 있거든요. 호오! 그런데 영문자가 아닌 한글 '선우'는 누가 쓴 거죠? 한국인 오로빌리언. 아하! 한국의 글자가 예쁘다고요? 물론이죠. 타밀 글자도 예쁜 것 같아요. 그래요? 감사합니다. 깍듯한 인사와 예의 바른 답변들이 오가는 중에 무티는 졸려 하는 나의 상태를 금방 알아챘다. 편안히 쉬세요. 초면의 택시 드라이버와 세 시간이 넘는 한밤중 초행길을 가며 나는 너무도 편안하게 졸았다. 인도 택시들의 운전은 정말 무시무시할 정도로 거친데(한국의 나라시 택시에 버금간다) 무티는 안정감 있고 부드러운 운전 솜씨를 선보이며 내가 편안해하는지를 계속 관찰하는 눈치가 역력했다. 한참을 졸다가 깨니 모기 소리처럼 작은 음악 소리에 맞춰 무티가 조용히 흥얼거린다. 나는 음악을 크게 들어도 된다고 말해 준다. 그가 활짝 웃으며 반색한다. 찰칵. 마침 테이프가 후면으로 돌아간다. 볼륨이 높여진 자동차 스피커에서 흘러나오는 익숙한 멜로디. 하하. 마이클 잭슨의 〈빌리진〉이다. 세계 공통의 감성. 역시 청년이군! 다시 눈을 감으며 음악이란 참 좋은 것이다…… 생각한다. 문학처럼 까다로운 번역이 필요 없는 예술 장르가 새삼 부럽다는 생각도 드는 참이다.

다시 달콤한 졸음에 빠진 사이사이 감미로운 선율의 〈유아 낫 얼론(You are not alone)〉이 〈힐 더 월드(Heal the world)〉가 마이클 잭슨과 오로빌 무티의 듀엣 음성으로 내 귓전에 닿는다. 오로빌은 틀림없이 아주 멋진 곳일 거야. 잠결에 나는 빙긋 웃으며 그렇게 믿어버렸다.

내가 잠에서 완전히 깼을 때 택시는 오로빌의 유칼립투스 숲길을 지나고 있었다. 컴컴한 숲속에서 내가 유칼립투스 나무들을 단박에 알아본 것은 보름에 가까워진 달빛을 받으며 유백색의 몸체를 반짝거리는 나무들의 환대 때문이었을까. 차창을 열자 기다렸다는 듯이 신선한 바람이 쏟아져 들어왔다. 조명이 될 만한 것은 달빛과 택시의 헤드라이트밖에 없는 숲길. 아, 오로빌에, 다시 왔구나. 차창으로 얼굴을 살짝 내민 채 손바닥을 활짝 펴서 밤의 숲을 향해 흔들어 보았다. 안녕. 반가워. 처음 인사해.

*

나는 지금 오로빌의 130여 개 커뮤니티 중 '그레이스'라는 주거 지역 커뮤니티에서 지내고 있다. 인도 보리수와 니임 나무가 많은 커뮤니티 안으로 바람은 부드럽게 지나간다. 이 커뮤니티는 헬무트라는 독일인 건축가가 모든 집을 설계하고 짓는다(오

로빌의 커뮤니티는 각각의 커뮤니티마다 건축을 담당하는 건축가들이 있어서 저마다 다른 개성을 가진 집들이 지어진다). 내가 머무는 집 앞엔 아름다운 벵골 보리수인 반얀 나무가 있고 내 방 창문 밖엔 나와 매일 아침 눈 맞춘 아기 파파야 나무가 있다.

가깝거나 먼 데서 소들이 우웡우웡 이야기하는 소리, 도마뱀 깍깍대는 소리, 무딘 귀로도 일곱 종류 이상의 소리들이 섞여 나는 풀벌레 소리를 들으며 잠들고 아침마다 십여 종류의 새소리를 들으면서 잠에서 깨어나는 일상이다. 이렇게 다양한 자연의 소리를 종합선물세트처럼 누리며 지내기는 일생에 처음이다. 늘어지게 기지개를 켜고 하품을 하며 거실로 나오면 남인도 겨울의 맑디맑은 햇살. 뒷마당 데크에 야생 공작 미스터 블링블링이 벌써 와서 거닐고 있다. 오로빌에서 생산한 유기농 커피를 끓이고 빵과 오로빌 치즈와 각종 잼들을 꺼낸다. 나 한 조각, 미스터 블링블링의 몫으로 한 조각.

너 어제 또 길 잃었지?

미스터 블링블링이 내 손바닥을 콕 쪼아 빵 조각을 가져가면서 한마디 툭 던진다.

어, 어떻게 알았어?

꾸우꾸꾸 이 마을은 내 발바닥 안에 있어. 나 여기 본토박이

인걸. 너 어제 '퍼타일' 풍차 찾아가다가 '다나'에서 한참 헤맸다며? 거기 사는 내 친구가 너 봤다더라. 푸른 목도리 비둘기들도 너 보면서 한참 웃었다던데, 못 들었니? 걔들 떠드는 소리 무지 시끄러운데. 암튼 넌 정말 길치라지. 모두들 너무 웃어대니까 걔들 중 철학자가 한마디 했대. 그렇게 너무 대놓고 웃으면 저 생물이 자존심 상하지 않겠냐고. 생물은 자존감이 생명이니 아무리 웃겨도 적당히 중도를 지키며 웃자고. 그러면서 너 길 찾는 거 도와줬다던데?

아, 그랬군! 풍차를 찾아가다가 샛길로 접어들어 엉뚱하게 다나 커뮤니티 근처에서 헤맬 때 두 갈래 갈림길 왼편에서 유독 맑은 목청으로 지저귀던 새가 있었다. 왠지 그 새가 있는 쪽으로 가야겠다는 생각이 들어 왼편 길을 따라 나왔는데, 그 새가 철학자 새였구나!

너 싫어하는 뱀 안 만난 걸 다행으로 여기라고! 거긴 뱀이 많은 동네야.

잘난 척하면서 미스터 블링블링이 마지막 빵 조각을 콕콕 집어 간다. 손바닥이 시원해진다. 미스터 블링블링과 아침을 나눠 먹으면서 아침마다 수지침을 맞는 효과가 생겼다. 그가 내 손바닥의 빵 조각을 찍어 먹을 때 그의 부리가 콕 쫀 손바닥의 느낌이 시원하게 번지고, 이어서 온몸 여기저기가 환해지는 느낌이 든다. 그레이스 커뮤니티 전체를 안방 삼은 저 도도한 숫공작의

걸음걸이!

블링블링의 말마따나 이 동그란 오로빌 마을에서 내 특기는 길 잃기다.

메인로드라고 할 만한 넓은 길이 있긴 하지만 워낙 뻥뻥 뚫린 한국의 길들을 보고 산 내 시각에서는 '아주 조금 넓은 길'일 뿐이다. 몇 군데 벽돌이 깔린 구간이 있기도 하지만 그런 구간은 극히 일부다. 거의 모든 길들이 흙길 그대로다.

조금만 흙이 보여도 큰일 날 것처럼 아스팔트나 시멘트를 싸 바르는 한국에선 땅의 맨살을 구경하기가 쉽지 않다. 심지어 자연과 가까이하겠다는 등산로의 산자락 바로 턱밑까지 아스팔트를 포장하는 세상이니까. 여기서 길이란 기본적으로 황톳길이다. 건기에는 흙먼지가 가득 일어나고 몬순기에는 엄청나게 질척거리며 웅덩이가 파이는 오로빌의 흙길들은 편리의 기준으로 보자면 몹시 불편한 길이다. 한국 같으면 벌써 오래전 시멘트나 아스팔트를 깔았을 것이다. 그런데 오로빌 사람들은 그렇게 하지 않는다. 몇몇 메인로드를 포장하는 것은 어쩔 수 없지만, 실핏줄처럼 커뮤니티들로 이어지는 숲속의 길들은 모두 황톳길 그대로다. 대다수의 오로빌 주민들은 길을 포장하는 것에 반대한다고 한다.

그러니 나 같은 게스트는 길 찾기 고생이 여간 아니다. 어딜

가나 비슷한 흙길이고 눈에 확 띄는 이정표도 없고 (중요한 공공 건물 이정표가 아주 드물게 몇 개 붙어 있을 뿐) 높은 건물이 보이지 않으므로 어디를 랜드마크 삼기도 어렵다. 뒤에서 다시 말하겠지만, 오로빌은 이곳에 살고자 하는 사람 수에 비해 주택이 몹시 모자라는 주거난을 겪고 있지만 높은 건물을 짓지 않는다. 왜? 여긴 오로빌이니까. 오로빌은 그만큼 아름다움에 민감한 마을이다.

오로빌에서 가장 높은 건물에 해당하는 공공건물들은 모두 3층 정도의 규모다. 전체적으로 숲이 만드는 스카이라인보다 더 높은 건물은 보이지 않는다. 오로빌 전체의 도시 계획에서 가장 중심에 있는 명상홀인 마트리만디르도 마찬가지. 40년 동안 엄청난 돈과 노동력을 들여 지은 그 건물도 가까이 가서 보면 존재감이 확실해도 지나치면서 보면 숲에 가려 보일 듯 말 듯 할 뿐 이정표 역할 같은 건 해 주지 않는다.

마을 전체가 하나의 숲이면서 숲 사이사이 너무 좁아서 이게 길 맞나 싶은 오솔길들을 따라 들어가다 보면 작은 커뮤니티들이 숨은 그림처럼 올망졸망 나타난다. 그렇게 130여 개의 커뮤니티가 오로빌 여기저기 능금나무에 매달린 작은 능금들처럼 흩어져서 자라고 있다. 능금들은 저마다 크기, 모양, 빛깔이 다르지만 능금나무라는 아름다운 기둥을 중심으로 자란다. 솔라 키친, 마트리만디르, 타운홀, 비지터센터 등 센터에 가까운 곳에서 외곽으로 나갈수록 숲은 깊어지고 들어갔다가 길을 잃어서 한참 뱅글뱅글 돌아야 하는 숲길들이 능금가지들처럼 휘늘어져 있다. 센터 가까이 사는 사람들부터 숲속 깊이 살며 밥 먹으러도 자주 나오지 않는 은자들까지 2,100여 다양한 사람들이 곳곳에 능금알처럼 박혀 사는 마을. 전체가 은하수의 나선형 흐름으로 설계된 둥그런 만다라형이므로, 이 둥그런 흐름의 마을을 빙빙 돌다 보면 집을 찾을 수 있게 된다. 그러니, 길을 잃어도 결국은 집을 찾게 될 것을 알고 있는 나 같은 몽상가가 조급히 서둘 이유는 없다.

야생 공작과 빵을 나눠 먹으면서 시작하는 하루에 언제부턴가 검은 개 깜장이 합류했다. 깜장은 빵을 딱 한 조각만 맛본다. '먹는 게 아니라 맛보는 거'라는 느낌을 팍팍 풍기며 빵 조각 하나를 물고 어슬렁 뒷모습을 보이면 깜장의 뒤태에 대고 나는 "좋은 하루!" 큰 소리로 인사한다. 깜장은 꼬리를 왼쪽으로 한두 번 흔든 후 새로 짓고 있는 이웃집 쪽으로 사라진다.

지도를 편다.

내 지도에는 나만 아는 이야기들이 별표, 동그라미, 오각형, 사각형, 달 모양 등으로 표시되어 있다.

두 번째 길 잃은 곳. 새처럼 노래하는 다람쥐를 만난 곳. 아기 보리수가 있는 곳. 풍차에 걸린 바람 조각. 개미집 옆에 투명눈

물꽃. 존 레논을 다시 만난 곳. 처음 넘어진 곳. 모패드가 말을 건 곳. 하이비커스와 천 개의 목소리…….

오늘은 어디에서 길을 잃을까. 다른 사람에겐 전혀 소용이 없는 나만의 지도 위로 오늘의 햇빛이 떨어진다. 미스터 블링블링이 찍어 놓은 열쇠 모양 발자국이 햇살에 반짝거리는 아침이다.

그 외발 소년은,
무사히 집에 잘 돌아갔을까

—

박형준

나무들은
부재와 죽음 속에서
꽃을 피우고 있었다.
그러다가 나는
외발 소년을 보았다.
한 발을 잃은 소년 하나가
아버지인 듯 보이는
한 늙은 남자와
동구에서 마을로
돌아가고 있었다.

어린 시절엔 호기심과 동경 때문에 철로변을 걸어 다녔다. 대개 읍내에 가는 것이 걷기 코스였는데, 그때는 주로 철둑길을 이용했다. 철길 위를 팔 벌려 걷거나 침목을 세며 걸었다. 가끔씩 레일에 귀를 대고 있으면 아주 희미한 심장박동처럼 철커덕철커덕 기차가 오는 소리가 들렸다. 때로는 집에서 훔친 못을 호주머니에 넣고 다니다가 레일 위에 올려놓고 철둑 아래로 몸을 숨겼다. 기차가 지나갈 때 기차 바퀴에 눌린 못이 화살처럼 사방으로 튀기 때문이다. 기차 꽁무니가 사라질 때쯤이면 둑 아래 숨긴 몸을 일으켜 아이들과 칼날처럼 반짝반짝 빛나는 못을 주웠다. 아이들과 함께 그 '못칼'로 낄낄거리며 장난을 치다가, 그 전과(戰果)도 시들해지면 다시 호주머니에 그 훈장을 집어넣었다. 읍내에 도착할 때쯤이면 그 못칼은 시골에 처박혀

사는 것이 지겨웠던 아이들의 위험한 꿈처럼 호주머니를 비집고 대롱대롱 매달려 있곤 했다.

그때 철길을 걸을 때, 내게 참으로 인상적이었던 것은 껌종이였다. 철로변에 왜 그렇게 껌종이들이 널려 있는지. 아이들의 상상 속에선 기차를 타고 가는 사람들은 모두 껌을 씹는 것 같았다. 특히 우리들에겐 주로 젊은 서울 여자들이 기차 안에서 껌을 씹는 것으로 상상되었다. 언제나 젊은 서울 여자들은 이제 막 사춘기로 접어드는 시골 아이들에겐 동경의 대상이었다. 이제 겨우 초등학교 4~5학년밖에 안 된 아이들이 말이다. 너무나 지루한, 변화가 없는 마을에서 자란 아이들에게 동네 앞을 지나가는 기차는 언젠가 한번은 꼭 집어타고 서울로 가야만 하는 욕망의 대상이었다. 철길에 떨어진 그 무수한 껌종이들은 바로 그런 손에 잡히지 않는 서울 여자들에 대한 동경과 선망을 부추기는 아스라한 향수(香水) 냄새였다. 껌종이에 코를 대고 있으면 서울 여자들의 살 냄새를 맡는 것 같았다. 우리는 부재(不在)를 통해 아름다운 여자들이 사는 서울을 상상했기에, 정작 껌보다는 껌종이의 냄새가 좋았던 것이다.

그리고 그 부재의 냄새를 나는 인도기차여행에서 상기하게 되었다. 유년 시절의 추억 속에 남아 있는 완행열차처럼 사람들로 비좁기 그지없는 창문을 열 수 있는 기차. 새벽 서너 시쯤부터 스무 시간을 타고 삼등석 기차에 짐짝처럼 실려 원 없이 타

ⓒ 양현모

본 기차. 삼단의 침대에 세 명이 잠을 자는 특이한 경험을 선물해 준 기차. 맨 꼭대기에 올라가서 잠을 자려 할 때 바로 아래 중간 침대에 일행이지만 여자라서 불편하면서 쑥스럽던 기차. 배낭을 베고 이국의 머나먼 오지를 향해 가는 기차를 타고 잠이 드는 것이 얼마나 낭만적인가 아무리 내 자신에게 세뇌를 하려 해도 눈만 말똥말똥해지고 잠은 오지 않던 기차. 역시 기차는 사람 냄새가 나는 삼등칸이 제격이지 않나 하며 인도 사람과 나 자신을 동질화하려 해도 돈 몇 푼 아끼려고 이런 짓을 한 게 아닐까 가이드를 원망했던 기차.

다행히 점심 무렵으로 접어들자 빼곡했던 자리가 비기 시작했고, 나는 삼단 침대에서 내려와 건너편 창가의 넓은 빈자리를 독차지할 수 있었다. 힘든 여행을 하다 보면 사람은 이기적일 수밖에 없다며 이제는 삼단 침대를 접고 한자리에 두세 명이 앉아 있는, 방금 전까지 내가 있었던 건너편을 외면하면서 말이다. 그래서 미안했던지, 나는 기차 차창 쪽으로 몸을 돌려 스쳐 지나가는 풍경을 바라보았다. 저 멀리로 지평선이 보일 것 같은 대평원이 펼쳐져 있었다. 내가 들판에서 자란 탓인지 평원은 내게 불편한 감정을 가라앉게 하면서 어린 시절처럼 들판을 걸어 보고 싶은 생각이 들게 했다. 점심 무렵이 되자 가이드가 주문한 음식이 나왔고, 음식을 다 먹고 나자 식판을 치울 곳이 마땅치가 않았다. 그 순간 같은 칸에 타고 있던 인도 사람들이 식판을 기차 차창을 열고 버리는 것이었다. 어라, 저래도 되나. 나는 멀리 들판을 향해 시선을 철로변 아래로 돌렸다. 식판들이 끝없이 행렬을 이루며 기차 둑길에 버려져 있었다. 나는 그때 어린 시절 철로변에 떨어져 있던 껌종이를 떠올렸다. 그 순간 식판과 껌종이 사이에 어떤 연관도 없었지만 나는 기차 차창 밖으로 식판을 던졌다. 소음 탓에 들릴 리가 만무했지만, 환청 속에서 식판이 퍽퍽 깨지는 소리를 들었다. 또 철로의 나무에 밥알과 음식 찌꺼기가 매달려 있는 모습을 보았다. 삼등 열차라고 해도 속도가 나는 기차에서 그런 모습이 보일 리가 없겠지만 말이다.

차창 밖으로 사람들이 식판을 던졌다
나도 새벽부터 저녁까지 매 끼니를
던지고, 던졌다 퍽퍽 깨지는 식판의 음식들이
철둑의 나뭇가지에 걸린 모습, 가끔씩
입에 넣으면 금세 흩어져 버리는 밥알들이 꽃들이
기차가 일으킨 바람결에 나뭇가지에서 멀리 날아갔다
밥을 먹지 않는 시간엔 잠을 잤다
잠 속에 철조망을 쳐 놓고
새들이 날아가는 모습을 바라보았다
열차는 달리다가 멈춰 서기를 반복하고
눈을 떠 보니 지평선이 보이는 마을 앞이었다

들판 한가운데 멈춰 선
기차, 나는 차창으로 마을로 돌아가는
아버지를 바라보았다 발을 잃은 소년이 앞에서
외발로 아버지를 인도하며
마을로 돌아가는 모습을 바라보았다
잠 속에서 바라본 어린 새가
이제 날기를 막 배운 동작으로 한 발로 껑충껑충 뛰며
일을 마친 아버지와 기쁘게 서로의 깃에 목을 부비며
앞서거니 뒤서거니 집으로 돌아가고 있었다
기차에서 사람들이 차창으로 던진 식판들이
철둑길에 열을 지어 떨어져 있고,
저기 저쪽 저녁의 부연 햇빛 속에서
실루엣으로 떠오르는 동화(童話) 하나가 그렇게
다시 천천히 움직이는 기차 소리에 슬프게 사라져 갔다

_필자의 시, 「인도기차여행」

그리고 나는 무의식적으로 유년 시절에 기차에 치어 죽은 사람을 떠올렸다. 기차에 치어 사방으로 흩어진 그의 살점과 핏물이 매달려 있는 철로변의 나무를 떠올렸다. 나무에 꽃이 피어나는 계절, 꽃송이에 또 다른 꽃송이를 달고서 나무는 죽음의 아

EDIA
LADIES
BEAUTY
PARLOUR
HONG KONG
2 IN 1
GHALIB STREET. FREE SCHOOL STREET KOL-16.
হংকং টু ইন্ ওয়ান
TAILORS
ONEY CHANGER

© 양현모

름다움으로 물들어 있었다. 그 앞에서 느꼈던 무서움과 매혹, 그것은 도회지를 꿈꾸던 어린 내가 껌종이 냄새를 맡으며 황홀하게 몸을 떨던 그 부재의 냄새와 함께 오랫동안 내 무의식 세계를 지배하는 또 하나의 이미지이지 않았던가. 나는 인도기차 여행을 하며 차창 밖으로 식판을 던지다가 내 몸에서 깨어나는 부재의 냄새와 죽음의 꽃 핀 살〔肉〕을 무의식 속에서 생생하게 다시 체험했다.

그렇게 기차는 들판을 달리고, 철로변엔 하얗게 식판이 떨어져 있고, 나무들은 부재와 죽음 속에서 꽃을 피우고 있었다. 그러다가 나는 외발 소년을 보았다. 한 발을 잃은 소년 하나가 아버지인 듯 보이는 한 늙은 남자와 동구에서 마을로 돌아가고 있었다. 저녁 무렵, 부연 햇빛에 실루엣으로 떠 있는 부자(父子)가 집으로 돌아가고 있었다. 발 하나를 잃은 소년은 외발로 껑충껑충 새처럼 뛰면서 앞으로 가고 있고 아버지가 그 뒤를 따르고 있었다. 저 생판 얼굴을 모르는 인도 소년과 아버지, 들판이라는 액자 속에서 겨우 한 귀퉁이를 차지하고 있는 작은 길 위에 펼쳐진 풍경이 또 한 번 나를 유년 시절로 되돌려 보냈다. 일을 끝내고 들판에서 돌아오는 아버지를 동구 밖에서 기다리다가, 지게를 짊어지고 오는 아버지가 저쪽에서 나타나면 신이 나서 껑충껑충 뛰며 앞장서 아버지를 인도하던 그때로.

굵은 장대비에 불어난

흙탕 강물이 둔덕 위에 뱉어 놓고 간

아주 낡은 조가비 같은

곧 떨어져 나갈 문짝도

무너질 기둥 하나도 없는

악취와 어둠만이 유일한 문패인 집 속에서

진주보다 더 빛나는

눈동자를 가진 인도 아이가

먼동처럼 터져 나온다

_함명춘, 「인도, 하리드와르」

시성(詩聖)의 숨결 밴 땅에서 자연과 교감하는 삶을 만나다

: 샨티니케탄에서 콜카타까지

—

박형준

수평선에서
잿더미들이 쌓이고
다시 불씨들이
허공에서 치솟는
그 불탄 집으로 돌아가
시체는
다시 태어나는지
모르겠습니다.

시성(詩聖) 라빈드라나트 타고르(1861~1941)의 시세계를 인도에서 만났다. 나는 100여 년의 시간을 뛰어넘어 인도의 시성과 교감을 나눴다.

소음과 평화가 한자리에 있는 곳, 콜카타(옛 캘커타)와 거기서 기차로 세 시간 떨어진 샨티니케탄. 너무나 대조적인 두 장소에서 인도의 시성 타고르를 보았다.

평화(샨티)와 장소(니케탄)가 합해진, 조합해 보면 평화의 장소라는 뜻의 샨티니케탄. 그 호숫가 마을에서 한 아낙이 물 단지에 물을 채웠다가 다시 따르는 의식을 되풀이했다. 삶이라는 것은 그렇게 끊임없이 담았다가 비워 내는 여행인 것인지. 나는 내가 본 그 풍경을 다음과 같은 시로 썼다.

풀잎이 무성한 강기슭에 서서 한 여인을 바라보았습니다. 죽은 사람을 강물에 떠내려 보내기 위해 물단지의 물을 시체에 뿌리는 여인을. 그녀는 해가 저물 때까지 물단지에 강물을 가득 채웠다가 다시 허공에서 따라 냅니다. 나는 불볕더위 속에서 사람의 손이 틀 수 있다는 것을 알았습니다. 여인의 손에 서리가 내려앉아 있는 것 같았습니다. 그건 서리가 아닌지 모르겠습니다. 너무 엄숙해서 허공에서 물 따르는 소리가 순백의 한(恨)으로 그녀의 손에 맺혔는지 모르겠습니다. 단지 나는 말은 아예 존재하지도 않는 곡소리가 이 세상에 있다는 것을 처음 알았습니다. 울음도 없는, 풀잎이 무성한 강기슭에서 끝날 것 같지 않은 물 따르는 소리를 들었습니다. 여인이 물단지의 물을 허공에 바쳤다가 따라 내면 강물은 천상의 음료에 취해 갔습니다. 강물은 시체를 품고 붉은 빛으로 일렁이기 시작했습니다. 이윽고 누군가 시체에 불을 붙였습니다. 진물의 눈동자에서 불꽃이 녹아 한 줄기 흘러내렸고 닫혀 있던 시체가 꽃봉오리를 활짝 열었습니다. 강물이 꽃불을 싣고 먼 바다를 향해 떠나갔습니다. 강물 저 너머, 우리는 불탄 집으로 다시 돌아가야 하는지 모르겠습니다. 수평선에서 잿더미들이 쌓이고 다시 불씨들이 허공에서 치솟는 그 불탄 집으로 돌아가 시체는 다시 태어나는지 모르겠습니다. 강물에 번지는 황혼에도, 반짝이는 물단지의 물이 섞여 흘러가는 소리가 들립니다. 여인은 강물 속에서 영원한 화음이 된 것 같습니다.

_필자의 시, 「불탄 집」

나는 강물 속에서 물 따르는 의식을 되풀이하는 인도 여인의 모습에서 돌아가신 내 어머니의 죽음이 '불탄 집'이란 메타포로 아득하게 내면에서 생생하게 떠오르는 것을 느꼈다. 시란 이렇게 시공을 뛰어넘어 자신이 보고 있는 현실의 풍경을 자신의 기억과 버무려 내면화하는 것은 아닐지.

또한 릭샤(자전거 택시)를 타고 유칼립투스로 가득한 숲속 한가운데로 들어갔다가 만났던 시장도 잊을 수가 없다. 세상엔 그런 곳이 있었다. 숲속에 널찍한 마당을 펼쳐 놓고 동네 사람들이 만나 서로 안부를 묻고 물건을 파는 그런 시장이 존재하고 있었다. 일주일에 한 번 선다는 그 마켓은 샨티, 그야말로 평화 자체였다.

'세계와 함께하는 인도'라는 뜻의 이름을 가진 샨티니케탄 비스바바라티 대학은 1901년 타고르가 설립했다. 5명의 학생으로 시작한 학교는 유치원부터 대학까지 아우르는 교육의 요람으로 성장해 지금은 음악, 미술, 무용, 문학 등 예술 분야의 인도 최고 인재들을 배출하고 있다.

타고르는 어린 시절 획일적인 수업에 염증을 느꼈던 탓에 정규 교육을 받지 못했다. 그는 나무 아래에서 아이들을 가르치며 자연의 법칙을 이해하고 자연과 더불어 살아가는 방법을 실천하고자 했다. 우리는 신화를 사실로부터 떼어 놓으려고 하지만 신화나 자연은 사실로 들어가기 위한 의미 있는 작업이며 나아가 자신이 태어난 나라의 역사를 바로 보여 주는 것이기도 하다. 타고르는 이런 생각을 가지고 생명의 분수와도 같은 나무들 밑에서 아이들의 외침과 노래와 유쾌한 목소리를 들으며 '기탄잘리' 시편을 써 내려갔던 것이다. 자연과의 호흡 속에서 자유로운 상상력과 현실 인식이 태어난다. 선생님 대신 '다다(큰형)'와 '디디(큰언니)'로 부르는 이 땅에서 자란 타고르와 아마르티아 센 교수가 노벨문학상과 노벨경제학상을 수상한 것은 결코 우연이 아니다.

1929년 4월 일제강점기 한국 민중을 위해 동아일보에 게재한 시 「동방의 등불」에서 코리아를 '동방의 밝은 빛'이라 노래했던 타고르. 그는 식민지 상황에 놓인 조선의 현실을 과거형인 '빛나던 등촉'으로 표현했고, 앞으로 다가올 희망은 미래형인 '동방의 밝은 빛'으로 형상화했다. 서구의 식민주의에 대항하는 '자치의 옹호'를 '등불'로 표현한 것으로 타고르의 민족주의를 넘어선 세계 시민으로서의 열린 사상을 엿볼 수 있는 대목이다.

샨티니케탄을 뒤로하고 콜카타로 향했다. 콜카타에는 타고르의 생가인 타고르 하우스가 있다. 하루에도 수십만의 사람과 온갖 짐승들이 넘나드는 콜카타의 하우라 다리 밑을 흐르는 흙빛 후글리강 아래로 꽃시장 '물리크 가트'가 펼쳐져 있었다. 질척거리는 진창 속에서 꽃을 치장하고 파는 사람들, 그 형형색색의 꽃시장을 지나자 강물 속에서 몸을 씻는 사람들이 나타났다. 막대기 같은 똥을 물속에 뚝뚝 떨어뜨리는 사람 곁에서 천연덕스럽게 그 강물로 이를 닦는 노인을 보았다. 타고르는 "새들은 먹기만 하는 것이 아니라 노래도 한다."라고 말했지만 나는 양립할 수 없는 듯이 보이는 이승에서의 삶의 문제와 그것을 넘어선 구원의 문제에 대해 쉽사리 답을 내릴 수가 없었다. 다만 콜카타 진창 속에서 형형색색으로 피어나는 꽃들처럼 타고르의 삶과 시가 가장 가난한 이들의 가슴속에서 환영처럼 떠다니는 듯해 가슴이 아려 왔다.

잃어버린 여행 가방

—

박완서

내가 정말로
두려워해야 할 것은
이 육신이란
여행 가방 안에
깃들었던 내 영혼을,
절대로 기만할 수 없는
엄정한 시선,
숨을 곳 없는
밝음 앞에 드러내는
순간이 아닐까.

설 연휴 동안 받아만 놓고 미처 읽지 못한 문예지를 뒤적이다가 프랑스 작가 미셸 투르니에(Michel Tournier)의 산문 중에서 매우 이색적인 경매 이야기를 보고 혼자서 웃은 일이 있다. 미국이나 유럽 쪽에서는 온갖 것을 다 경매에 붙여서 잊혀진 사건에 대한 호기심을 유발하기도 하고 엉뚱한 사람이 이익을 보는가 하면 이미 죽은 사람의 비밀이 만천하에 드러나기도 한다. 고인이 된 지 오래인 왕년의 스타의 연애편지나 착용하던 신발, 속옷 등속이 고가로 팔렸다는 해외 토픽을 접하면 그걸 그렇게 비싸게 사서 어디다 쓰려는 걸까 공연한 걱정이 되기도 하고, 생전에 알려진 것과 전혀 다른 면이 드러난 편지가 공개되는 걸 보면 세속의 호기심은 저승길까지 마다 않고 쫓아다니는 것 같아 섬뜩하기까지 하다. 투르니에가 쓴 경매는 그런 큰 이익이나 세인의 호기심을 겨냥한 게 아니라 지극히 사소하고 유쾌한, 서민적인 축제 같은 경매에 대해서이다. 매년 1월이면 독일의 루프트한자 항공사에서 여행객들이 분실하고 찾아가지 않은 여행 가방을 공개적으로 경매에 붙인다고 한다. 그 안에 무엇이 들어 있는지 모른다는 게 호기심을 자극하지만 굉장한 귀중품이 들어 있을 가능성은 거의 없다. 여행을 해 본 사람은 다 아는 사실이지만 본인이나 항공사의 실수로 가방이 그 주인과 동시에 공항에 도착하지 못하는 경우가 더러 있다고 해도, 가방에 붙어 있는 작은 단서나 분실인의 신고만 가지고도 단시일 안에 주인을 찾아가게 돼 있다. 주인을 찾을 수 없는 가방은 그런 작은 단서도 없을뿐더러 잃어버린 주인의 애착과 성의까지 없다는 증거니까 귀중품이 들어 있으리라는 기대는 안 해도 된다. 그러나 마약이나 무기 혹은 시체 같은 게 들어 있을 가능성은 주인 있는 가방보다 높다고도 볼 수 있다. 하여 경매하기 전에 경찰이 미리 개봉하고 그런 위험물이 들어 있지 않다는 걸 확인한 다음 다시 밀봉을 한 후 무게만을 공개하고 경매에 붙인다고 한다. 그러나 일단 자기 앞으로 낙찰이 되면 가방은 즉시 관중들 앞에서 개봉되어 그 내용물이 만천하에 공개된다. 낙찰자나 구경꾼이나 같이 낄낄대며 즐거워하는 광경이 눈에 선하다. 타인의 사생활을 엿보고 싶은 숨은 욕망은 국적이나 개인의 인격 차에 상관없이 공통된 것인가 보다.

그러나 내가 그 글을 주의 깊게 읽고 이리저리 생각의 가지치기를 하게 된 것은 나의 개인적인 경험과도 무관하지 않다. 나도 여행 가방을 잃어버린 적이 있다. 내가 처음으로 해외여행을 한 해였으니까 지금으로부터 이십이 년 전이다. 전두환 정권 초기에 문인을 십여 명씩 일행으로 묶어서 공짜로 해외여행을 시켜 준 적이 있었다. 이 주일 정도의 비교적 긴 여행이었고, 유럽의 몇 나라를 돌고 귀국길에는 인도를 거쳐서 오게 돼 있었다. 처음 나가 본 해외여행인 데다가 인도가 마지막으로 들른 나라였기 때문에 그동안 짐이 배로 불어나 허름한 보조 가방을 둘이나 새로 사야 했다. 그중에서 가장 크고 튼튼한 것은 역시 집 떠나 있는 동안 갈아입을 옷이랑 내복 등속을 넣어 간 큰 여행 가방이었다. 보조 가방 한 개와 내 짐 중에서 메인이라고 볼 수 있는 그 큰 가방을 인도 뉴델리 공항에서 다른 문인들의 짐과 함께 단체로 부쳤는데 김포공항에 내리니 내 큰 가방 하나만 빠져 있었다. 단체로 짐을 부칠 때 무게 문제로 그쪽 공항에서 트집 잡는 소리를 듣긴 했어도 곧 해결됐고, 내 짐의 무게가 초과한 게 아니라 단체로 초과할 뻔한 거였으니 내 짐만 빠진 게 납득이 안 됐다. 설사 초과했다고 해도 초과분에 운임을 더 먹이면 될 것이지 짐 하나를 빼앗는다는 건 상식 밖의 일이었다. 신고를 받은 우리나라 공항 당국에서 그런 일은 없다고, 곧 돌아올 거라고 했다. 그러나 그때 잃어버린 여행 가방은 영영 돌아오지 않았다. 그때 타고 온 비행기는 타이항공이었다. 석 달인가 지난 후 타이항공으로부터 2백 달러의 보상금을 받았다. 짐 한 개당 무게를 이십 킬로그램으로 치고 일 킬로그램당 십 달러씩 계산한 거였다. 항공사 약관을 보니 적법한 거였다. 물론 그 석 달 동안 여러 번 공항에 드나들어야 했다. 내가 신고한 베이지색 가방과 치수가 비슷한 가방만 생기면 공항에서 확인하러 오라는 전화가 왔다. 주인 잃은 가방의 보관 창고 구경만 실컷 하고 내 가방은 찾지 못했다.

다행히 선물이 든 가방 두 개는 무사해서 처음 외국 나간 엄마를 기다린 가족들을 크게 실망시키지는 않았지만, 나는 오랫동안 잃어버린 큰 가방 때문에 가슴앓이를 했다. 다양한 기후의 나라를 여행해야 했기 때문에 갈아입을 겉옷뿐 아니라 내복을 많이 준비해 가지고 다니면서 한 번도 빨래를 하지 않았다. 만일 누가 그 가방을 연다면 더러운 속옷과 양말이 꾸역꾸역, 마치 죽은 짐승의 내장처럼 냄새를 풍기며 쏟아져 나올 것이다. 루프트한자 항공이 아니었으니 경매에 붙여 개봉하지는 않았겠지만 만일 겉모양만 보고 꽤 괜찮은 게 든 줄 알고 슬쩍 빼돌린 속 검은 사람이 개봉을 했다고 해도 창피하긴 마찬가지였다. 속 검은 사람 앞에서일수록 반듯한 내용물을 보여 주고 싶었다. 그 안에는 때 묻은 속옷 말고 더 창피한 것도 들어 있었다. 파리에 들렀을 때에 슈퍼에서 봉지에 든 인스턴트커피를 잔뜩 사서는 옷 사이사이에 끼워 넣은 것이다. 그때만 해도 국내에선 커피가 비싼 귀물이었다. 외국 갔다 오는 사람이 커피 한 봉지만 선물로 주어도 고맙고 반갑고 그랬기 때문에 나도 친지들에게 그걸 선물할 작정이었다. 지금 생각하면 얼마나 궁상맞은 선물인가. 나의 그 큰 여행 가방 안에는 1980년대 내 나라의 궁핍과 나의 나태가 고스란히 들어 있었다. 내 여행 가방을 연 속 검은 사람의 기대와 호기심은 단박 실망과 경멸로 변했을 것이다. 나는 그가 우연히 가방을 주웠든 혹은 정말로 속이 검었든 간에 내 가방을 열어 보고 실망하고 분노하고 경멸했을 생각을 하며 오랫동안 심한 수치심으로 괴로워했다. 그 후에는 여행을 떠날 때 절대로 양말이나 속옷을 많이 가져가지 않고 그날그날 빨아서 입는 습관을 들이게 되었다.

음력설까지 쇠었으니 이제 확실하게 한 살을 더 먹었다. 이 나이까지 건강하게 살았으니 장수의 복은 충분히 누렸다고 생각한다. 재물에 대한 미련은 없지만 내가 쓰고 살던 집과 가재도구를 고스란히 두고 떠날 생각을 하면 걱정이 이만저만이 아니다. 나의 최후의 집은 내 인생의 마지막 여행 가방이 아닐까. 내가 끼고 살던 물건들은 남 보기에는 하찮은 것들이다. 구식의 낡은 생활필수품 아니면 왜 이런 것들을 끼고 살았는지 남들은 이해할 수 없는 나만의 추억이 어린 물건들이다. 나에게만 중요했던 것은, 나의 소멸과 동시에 남은 가족들에게 처치 곤란한

짐만 될 것이다. 될 수 있으면 단순 소박하게 사느라 애썼지만 내가 남길 내 인생의 남루한 여행 가방을 생각하면 내 자식들의 입장이 되어 골머리가 아파진다.

그러나 내가 정말로 두려워해야 할 것은 이 육신이란 여행 가방 안에 깃들었던 내 영혼을, 절대로 기만할 수 없는 엄정한 시선, 숨을 곳 없는 밝음 앞에 드러내는 순간이 아닐까. 가장 두려워해야 할 것을 별로 두려워하지 않는 것은, 내가 일생 끌고 온 이 남루한 여행 가방을 열 분이 주님이기 때문일 것이다. 주님 앞에서는 허세를 부릴 필요도 없고 눈가림도 안 통할 테니 도리어 걱정이 안 된다. 걱정이란 요리조리 빠져나갈 구멍을 궁리할 때 생기는 법이다. 이게 저의 전부입니다. 나를 숨겨 준 여행 가방을 미련 없이 버리고 나의 전체를 온전히 드러낼 때, 그분은 혹시 이렇게 나를 위로해 주시지 않을까. 오냐, 그래도 잘 살아냈다. 이제 편히 쉬거라.

세상에서 가장
아름다운 묘소 타지마할

—

법정

일찍이 그림엽서를 통해서
건성으로 보아 왔던
그 타지마할 앞에 마주 서니,
참으로 우아하고 아름다운
건축물에 매혹되지
않을 수 없었다.
조금 전에 보았던 그토록 웅장한
아그라성도 이 타지마할에
견주면 이미 숨이 멎은 것이다.
그러나 타지마할은
아직도 살아 숨 쉬고 있다.

바라나시에서 아그라로 가는 도중에 잠시 카주라호에 들르기로 했다. 카주라호가 여행자의 발걸음을 멈추게 하는 것은, 힌두 사원의 외벽에 조각된 희한하고 대담한 남녀 교합 상 때문이다. 사랑과 미움과 전쟁 등 인간의 역사를 너무도 적나라하게 새겨 놓은 그 대담한 표현에 동방예의지국의 후예는 아연해하지 않을 수 없다.

어떤 사람들이 무슨 심경으로 신성한 사원에 이런 상을 새겨 놓았을까? 이걸 보겠다고 멀리서 찾아오는 사람들의 심리는 또 무엇일까? 복잡 미묘한 인간의 심사는 에로틱한 조각들처럼 불가사의하다.

돌에 새겨서인지 그렇게 음란하게만 보이지는 않는다. 작열하는 햇볕 아래서 돌 더미로만 쌓아 올린 사원이라면 빽빽하고 삭막할 뻔했다는 생각마저 들었다. 드넓은 뜰에 붉게 타오르는 부겐빌레아와 눈부신 조화를 이루고 있었다.

14세기 이슬람교도의 지배 아래서 이들 사원의 조각은 이슬람교 교리에 어긋나는 우상이라고 해서 파괴된다. 지금 남아 있는 사원은 85개 중에서 스물두 군데뿐. 서군(西群)과 동군(東群)으로 나뉘어 있는데, 서군 쪽에 우리 눈길을 끄는 조각들이 많다.

해질녘 사원 너머로 기우는 불덩이 같은 해와 저녁노을, 이윽고 어둠에 스러져 가는 사원의 실루엣은, 마치 웅장한 교향곡이 끝난 뒤의 침묵 같은 그런 여운을 주었다. 어둠이 내리니 돌에 새긴 군상들도 잠이 들겠다. 낮 동안 관광객들의 호기심에 찬 시선에서 벗어나 자기네들끼리의 밤을 맞이하겠다는 생각이 들었다.

인구 80만의 아그라는 인도의 수도 델리에서 야무나강을 따라 남쪽으로 2백 킬로미터 떨어진 지점에 있는 유서 깊은 지방 도시인데, '타지마할' 덕에 그 이름을 떨치고 있다.

아그라는 16세기 중엽 회교 왕국 무굴 제국의 제3대 황제 아크발에 의해 도성이 되고, 웅장한 아그라성도 그 무렵에 세워졌다. 붉은 사암(砂巖)을 다듬어 쌓아 올린 아그라성은 실전에 대비하기 위해 이중으로 둘러싸였으며 도랑〔垓子〕과 성벽으로 둘러싸이고 성벽 곳곳에 요새가 있다. 그러면서도 내부의 궁전은 섬세하고 호사스럽다. 8각형 망루에서는 야무나강을 따라 멀리

타지마할을 바라볼 수 있다. 성을 나와 5루피를 주고 타지마할로 가는 길을 마차로 달렸다.

무굴 제국의 제5대 황제 샤자한이 사랑하는 아내의 묘소를 세우기 위해 자주 내왕했을 바로 그 길이다.

일찍이 그림엽서를 통해서 건성으로 보아 왔던 그 타지마할 앞에 마주 서니, 참으로 우아하고 아름다운 건축물에 매혹되지 않을 수 없었다. 조금 전에 보았던 그토록 웅장한 아그라성도 이 타지마할에 견주면 이미 숨이 멎은 것이다. 그러나 타지마할은 아직도 살아 숨 쉬고 있다.

이 타지마할은 사람이 살기 위한 저택도 아니고, 신을 모신 신전도 아니다. 오로지 사랑하는 아내의 죽음 앞에 바친 묘소에 지나지 않는 이 건축물이 우리를 매혹시키는 것은, 흰 대리석으로 이루어진 조형미 이전에 아내를 향한 한 사나이의 애틋하고 절절한 사랑 때문이 아닐까 싶었다. 이토록 아름다운 건축물 안에서라면 영원히 잠들어 있어도 여한이 없을 듯싶었다.

타지마할은 1632년부터 22년 동안, 오랜 공사 끝에 완공됐다. 날마다 2만 명이 동원되었다고 한다. 샤자한의 왕비 '무무타지마할'(타지마할이란 이름도 그녀의 이름에서 유래)은 1631년 열네 번째 아이를 낳다가 죽는다. 샤자한은 동갑인 그녀와 스무 살 때인 1612년에 결혼해 많은 아이를 둘 만큼, 두 사람 사이는 금실이 좋았던 모양이다.

그녀는 39세에 생을 마쳤다. 그림에서 보면 풍만한 몸매와 크고 시원한 눈매를 지닌 아름다운 미녀다. 그녀는 임종하는 자리에서 "저를 위해 이 세상에서 가장 아름다운 무덤(廟)을 만들어 주세요."라고 남편인 샤자한에게 유언한다.

샤자한은 셋째 왕자로 태어나 왕위를 계승할 가능성이 희박했는데, 무굴 제국의 지방 태수로 데칸의 전선에서 전쟁으로 나날을 보내면서 세력을 규합해, 35세 때 부왕을 밀어내고 마침내 무굴 제국의 제5대 황제가 된다. 그러나 4년 뒤에 사랑하는 아내를 잃는다. 아내는 전쟁터인 데칸 지방까지 남편을 따라가 지극한 정성으로 시중을 들다가 출산 중에 죽은 것이다.

샤자한은 데칸의 전투가 일단락되자, 아내가 죽은 그 이듬해부터 타지마할 공사에 착수한다. 페르시아에서 공장(工匠)들을 불러오고, 멀리 이탈리아에서 흰 대리석을 실어 날랐다. 22년 동안 막대한 인력과 공사비를 들여 완성한 아름다운 이 건축물을 보고 있으면, 한 여인에게 바친 사나이의 집념 앞에 숙연해질 뿐이다.

건축광이면서 집념의 사나이였던 샤자한은 이에 그치지 않고, 야무나강 건너편에 검은 대리석으로 타지마할과 똑같은 건축물을 하나 더 만들어 양쪽을 다리로 이어 놓으려 했다. 세상을 떠난 후 자신의 유택으로 삼으려고 해서다. 그러나 그 뜻은 자신의 아들에 의해 좌절된다.

샤자한의 셋째 왕자 아우랑제브는 오랫동안 데칸 지방의 전선에서 무굴 왕조를 지키기 위해 싸웠는데, 부왕이 국고를 탕진해, 국운이 기우는 것을 그대로 보고 있을 수만은 없었다. 마침내 군대를 움직여 아그라에 입성, 두 형을 죽이고 부왕 샤자한을 감금한 채 왕위에 올랐다. 샤자한이 자신의 아버지를 밀어내고 왕위에 오른 그 인과의 고리가 아들을 통해 다시 자신의 몸으로 돌아온 것이다. 인류의 역사는 이와 같은 인과관계로 끊임없이 되풀이된다.

아그라성에 감금된 샤자한은 그 8각형의 망루에 앉아 망연히 타지마할을 바라보면서 쓸쓸한 말년을 보내다가 8년 후에 생애를 마친다.

샤자한의 아들 아우랑제브는 아버지를 위해 따로 묘소를 만들지 않고, 어머니 무무타지 곁에서 잠들도록 했다. 타지마할의 지하실에 들어가면 무무타지의 관이 중앙에 안치되어 있고 그 곁에 또 하나의 관이 놓인 것은 이런 이유에서다. 1층에 안치되어 있는 화려하게 상감된 대리석 관은 도굴을 방지하기 위한 가짜 관이고, 지하로 내려가면 아무 장식도 없는 검소한 관이 두 개 가지런히 놓여 있다.

이들은 2루피짜리 구경거리가 되어 말없이 누워 있다. 살아서는 국고를 탕진한 독재 제왕이었지만, 가난한 인도의 국가 재정을 위해서는 두고두고 애국자가 될 것이다.

열이렛날 달이 떠오른 밤에 다시 타지마할을 찾았다. 낮에 본 것과는 달리 달밤의 타지마할은 사뭇 환상적이었다. 타지마할은 너무 가까이서 보면 하얀 대리석일 뿐인데, 알맞게 떨어져 물 위에 잠긴 그림자와 함께 바라보면 말할 수 없이 아름다운 조화를 이룬 사랑스러운 건축물이다.

모래성 쌓는 아이, 조개껍데기 줍는 아이
마른 나뭇잎으로 배를 접어
웃으면서 한바다로 떠나보내는 아이
모두들 바닷가에서 재미나게 놉니다.

그 아이들은 헤엄칠 줄 모르고 고기잡이할 줄도 모릅니다.
어른들은 진주를 캐고 상인들은 배를 타고 오가지만,
아이들은 조약돌을 모으고 던질 뿐입니다.
그들은 보물에도 욕심이 없고, 고기잡이할 줄도 모릅니다.

_타고르, 「바닷가에서」에서

ⓒ 함명춘

날마다 죽으면서
다시 태어난다

—

법정

열매가 익으면 저절로
가지에서 떨어지듯,
그래야 그 자리에서
새로 움이 돋는다.
순간순간 새롭게 태어남으로써
날마다 새로운 날을 이룰 때,
그 삶에는 신선한 바람과
향기로운 뜰이 마련된다.

봄베이(현재 지명은 뭄바이이나 이 글에서는 법정 스님이 방문했을 당시의 느낌을 살리기 위해 그대로 두었다)에서 이곳 남인도 마드라스(오늘날의 첸나이)까지 스물여덟 시간이나 걸리는 머나먼 길을 달려온 것은 오로지 우리 시대 영혼의 스승 크리슈나무르티의 자취를 찾아보기 위해서였다. 그는 1895년 마드라스에서 조금 떨어진 마다나팔리라는 마을에서 태어났는데, 열네 살 되던 해에 신지 협회(神智協會)의 애니베산트 회장에게 미래의 메시아로 지목되어 '세계의 교사'로 유럽에 가서 교육을 받는다. 그 후 자신의 메시아적인 역할을 거부하고, 인간의 진정한 자유를 위해 세계 각국을 다니면서 많은 사람들에게 그의 가르침을 전파한다.

스스로 메시아이기를 거부한 「별의 교단 해체 선언문」에서 그는 이와 같이 말한다.

"진리로 가는 길은 따로 없다. 어떤 경로를 통해서도, 어떤 종교나 종파로도 진리에 이를 수는 없다. 진리는 무한하고 무조건적인 것이므로 그것을 조직화해서는 안 된다. 나는 추종자를 원치 않는다. 귀를 기울이며 영원을 향해 살아가는 사람 다섯만 있으면 그것으로 충분하다. 진정으로 이해하지도 못하고, 편견에 사로잡혀 새로운 것을 원하지도 않으며, 무의미하게 그럭저럭 살아가는 수천 명의 추종자를 갖는다는 것이 도대체 무슨 가치가 있는가."

그러면서 그는 나는 자유이며, 제약받지 않으며, 부분이 아닌 전체이며, 일시적이 아닌 영원하고 온전한 진리이고자 한다고 역설한다. 따라서 나를 이해하려는 사람은 자유스러워야만 하며, 나를 새장 안에 가두어 놓고 어떤 종파나 종교로도 만들지 말아야 한다고 항변했다.

마드라스에 도착한 다음 날, 크리슈나무르티가 살던 베산타 비하르를 찾아갔다. 이곳에서는 택시 운전사들도 그 집을 잘 알고 있었고 정문에 조그맣게 써 놓은 'Vesanta Bihar'란 간판이 걸려 있었다. 정문에 들어서면 잔디가 덮인 넓은 정원인데, 듬성듬성 수목이 울창하고, 2층으로 지은 집 발코니에는 부겐빌레아가 화사하게 피어 있었다.

현관에 들어가 찾아온 까닭을 말했더니, 한 청년이 나와 친절하게 안내해 주었다. 1층은 넓은 홀인데, 크리슈나무르티가 생

전에 집회 장소로 썼다고 했다. 한쪽에 흑백사진인 젊은 날의 초상이 세워져 있을 뿐 별다른 치장이 없었다. 서재와 침실로 사용했다는 2층에 올라가 보아도 이렇다 할 유품 하나 없이 거의 빈 방이었다.

1986년 미국 캘리포니아의 오하이밸리에서 91세를 일기로 세상을 떠난 뒤, 그에 대한 공식적인 행사 같은 것은 전혀 없다고 했다. 우상과 허례허식을 싫어했던 크리슈나무르티의 평소 삶의 모습이 죽은 후에까지도 그대로 이어지고 있었다. 그가 세상을 떠나던 그날로, 그의 시신은 그의 유언대로 어떠한 의식도 따르지 않고 화장되었다.

한겨울인데도 마드라스는 아주 무더웠다. 남인도에는 더운 계절과 무더운 계절, 그리고 찌는 듯 무더운 세 계절이 있다. 타밀나두주의 주도인 마드라스는 북쪽의 아리아 문화와는 대조적으로 드라비다 문화의 독자성을 지니고, 델리의 중앙 집권에 저항하는 전통이 현재까지도 이어지고 있다고 한다.

시내버스는 남녀가 유별한 좌석이다. 인심도 북쪽보다 더 순박한 것 같았다. 피부 빛은 남쪽으로 내려올수록 검다. 음식 맛도 마드라스가 훨씬 좋다. 외국인에게 역겨운 그 향신료 냄새가 별로 없어 이 고장 음식이라면 얼마든지 맛있게 먹을 수 있었다. 시내 중심가의 한 식당에 들어가 저녁을 먹는데, 지배인이 우리에게 와서 맛이 어떠냐고 묻기에 인도에서 가장 맛있다고 했더니, 좋아라 하면서 후식을 잔뜩 가져다주었다.

아디야르강의 긴 다리를 건너 남쪽으로 더 내려가면 왼쪽으로 울창한 숲속에 아름다운 정원과 여기저기 서양식 흰 건물이 들어선 신지 협회 본부가 있다. 1875년 뉴욕에서 시작된 종교 개혁 운동 단체인데, 영적인 기운이 더 많은 인도로 옮겨 온 것이다. 인종과 성별과 계급과 종교의 차별이 없는 이상적인 사회 건설을 목표로 하고 있다. 넓은 구내에는 은행과 우체국도 있고, 그 안에 사는 사람들은 자전거를 이용하고 있었다. 나오다가 매점에 들러 크리슈나무르티가 85세 때 만든 그의 사진집 『일천의 달』을 한 권 기념으로 샀다.

토요일 밤에 베산타 비하르에서 비디오 쇼가 있다는 말을 듣고 다시 갔다. 1층 홀에 1백여 명의 관중이 모였는데, 거의 중년 이상의 사람들이고 여자는 다섯 사람뿐이었다.

이 집에서 행한 그의 마지막 강연이었는데, 주제는 죽음에 대해서였다. 연단도 없이 의자에 앉아 잔잔하게 이야기를 엮어 갔다. 때로는 질문도 던져 가면서, 웃겨 가면서 듣는 사람들이 스스로 귀 기울여 해답을 찾도록 했다. 그때 메모해 둔 것 중에 이런 말이 있다.

"죽음은 무엇을 의미할까요. 그것은 모든 것과의 단절입니다. 죽음은 날카로운 면도날로 당신을 당신의 집착으로부터, 당신의 신으로부터, 당신의 미신으로부터, 편안하려는 욕망으로

부터 잘라 버립니다. 참으로 산다는 것은 당신이 집착하고 있는 모든 것을 버릴 때만 가능합니다. 그래야 하루하루가 새로운 날이 됩니다. 당신은 날마다 죽으면서 다시 태어나야 합니다."

또 이런 말도 했다.

"과학자들이 발명한 것이 아닌 생명의 근원, 즉 삶이 부여된 그 생명이란 과연 무엇일까요. 당신은 그것을 죽일 수 있지만, 그것은 또 다른 것 안에 존재합니다."

이번 인도 여행의 종착점은 마드라스에서 버스로 네 시간가량 남쪽으로 더 내려간 해변의 도시 폰디체리다. 폰디체리는 17세기부터 독립 전까지 프랑스의 식민지였다. 그래서 군데군데 프랑스풍이 아직도 남아 있다. 그리고 이곳은 인도의 독립운동 때 한몫한 철학자 오로빈도의 아슈람(수도원) 소재지로도 널리 알려져 있다.

아슈람에서 경영하는 해변의 파크 게스트하우스에서 여장을 풀었다. 창밖으로 푸른 하늘과 쪽빛 바다가 맞닿은 벵골만이 한눈에 들어오는 전망 좋은 방이었다. 수평선에서 떠오르는 일출을 대하면서, 기슭을 치는 파도 소리에 밤을 뒤척이면서, 사람이 산다는 것은 무엇이며, 죽음은 또 우리에게 어떤 의미를 지니는 것인지, 생각의 실타래를 풀었다 감았다 했다.

그렇다. 우리는 날마다 죽으면서 다시 태어나야 한다. 만일 죽음이 없다면 삶 또한 무의미해질 것이다. 삶의 배후에 죽음이 받쳐 주고 있기 때문에 삶이 빛날 수 있다. 삶과 죽음은 낮과 밤처럼 서로 상관관계를 갖는다. 영원한 낮이 없듯이 영원한 밤도 없다. 낮이 기울면 밤이 오고 밤이 깊어지면 새날이 가까워진다.

이와 같이 우리는 순간순간 죽어 가면서 다시 태어난다. 그러니 살 때는 삶에 전력을 기울여 빠근하게 살아야 하고, 일단 삶이 다하면 미련 없이 선뜻 버리고 떠나야 한다.

열매가 익으면 저절로 가지에서 떨어지듯, 그래야 그 자리에서 새로 움이 돋는다. 순간순간 새롭게 태어남으로써 날마다 새로운 날을 이룰 때, 그 삶에는 신선한 바람과 향기로운 뜰이 마련된다.

우리는 어디서 와서 어디로 가는 나그네인지 때때로 살펴보아야 한다.

인생에서 나그넷길이란 결국은 자기 자신에 대한 반성과 성찰의 계기이고, 자기 탐구의 길이라는 걸 새삼스레 알아차렸다. 나는 인도 대륙에서 일찍이 그 어디에서도 배우지 못했던 삶의 양식을 많이 배웠고, 또 나 자신도 모르고 살아온 그 인내력을 마음껏 실험할 수 있었다. 인도는 나에게 참으로 고마운 스승이었음에 거듭 머리를 숙이고 싶다.

나마스테, 마하바라트(안녕, 위대한 인도)!

나의 시체를 미리 태운 바라나시

—

동명

나는 버닝 가트의
화장터 하나를 차지하여
불타오르고 있었다.
나는 나의 시체가
타오르는 것을 바라보았다.
나의 시체는
서서히 재가 되어 갔다.
그런데 하나도 고통스럽지 않았으며,
오히려 참으로 평화스러워졌다.

바라나시에서는 고행을 여행한다

보드가야, 라지기르, 파트나를 거쳐 바라나시에 왔다. 석가모니가 보드가야에서 깨달음을 얻은 후 이 길을 거쳐 바라나시에 왔고, 그리고 처음으로 설법을 하게 되는 사르나트에 왔으리라. 석가모니가 맨발로 온 그 길을 우리는 버스를 타고 왔다. 낡아빠진 버스는 군데군데 움푹 팬 함정을 간직한 길을 털털거리면서 느리게 왔지만, 걸어오는 것에 비하면 몇 백 배는 빠르리라. 빠른 만큼 우리는 시간을 단축했으며, 그로 인해 볼 것을 보지 못했으며, 못 볼 것을 미리 보았으리라.

석가모니가 활동하던 시대(BC 6세기)에 바라나시는 카시 왕국의 수도였다. 인도 순례에 나섰던 중국의 고승 현장이 635년에 바라나시를 방문했는데, 그는 이 도시가 종교·교육·예술의 중심지로서 갠지스강 서쪽 기슭을 따라 5km가량 뻗어 있으며, 많은 불교 사원이 즐비했다는 기록을 남겼다. 그렇게 한때는 불교 문화의 중심지였던 곳이 지금은 힌두교의 가장 중요한 성지가 되었다.

바라나시는 시바 신이 만들었다고 전해지며, 시바는 바라나시의 수호신으로서 곳곳에 그의 흔적을 남기고 있다. 시바 신을 사랑하는 수많은 사람들이 이곳에 오고, 이곳에 온 사람들은 시바를 사랑하게 된다. 바라나시는 시바뿐만 아니라 브라흐마와 비슈누의 흔적도 있다. 그러니까 바라나시는 신들의 놀이터였던 것이다. 신을 사랑하는 사람들이 이곳에 오고, 이곳에 온 사람들은 신을 만나게 된다.

바라나시는 대서사시인 『마하바라타』에도 언급되는 도시로, 강가의 두 지류인 '바루나'와 '아시'의 이름이 합쳐져 '바라나시'가 되었다. 바루나는 북쪽에서, 아시는 남쪽에서 흘러들어 갠지스에 합류한다.

나는 한국인들이 가장 많이 묵는다는 샨티 게스트하우스에 숙소를 잡았다. 샨티 게스트하우스는 옥상에 식당이 있기 때문에 비수기에는 비교적 싼 가격에 묵을 수 있는 곳이다. 이곳에 머무는 여행자들은 옥상의 식당을 자주 이용할 것이 빤하기 때문에 게스트하우스 측에서는 숙박비를 조금 덜 받더라도 손님을 받아들이는 편이다. 샨티 게스트하우스 옥상에서 갠지스강

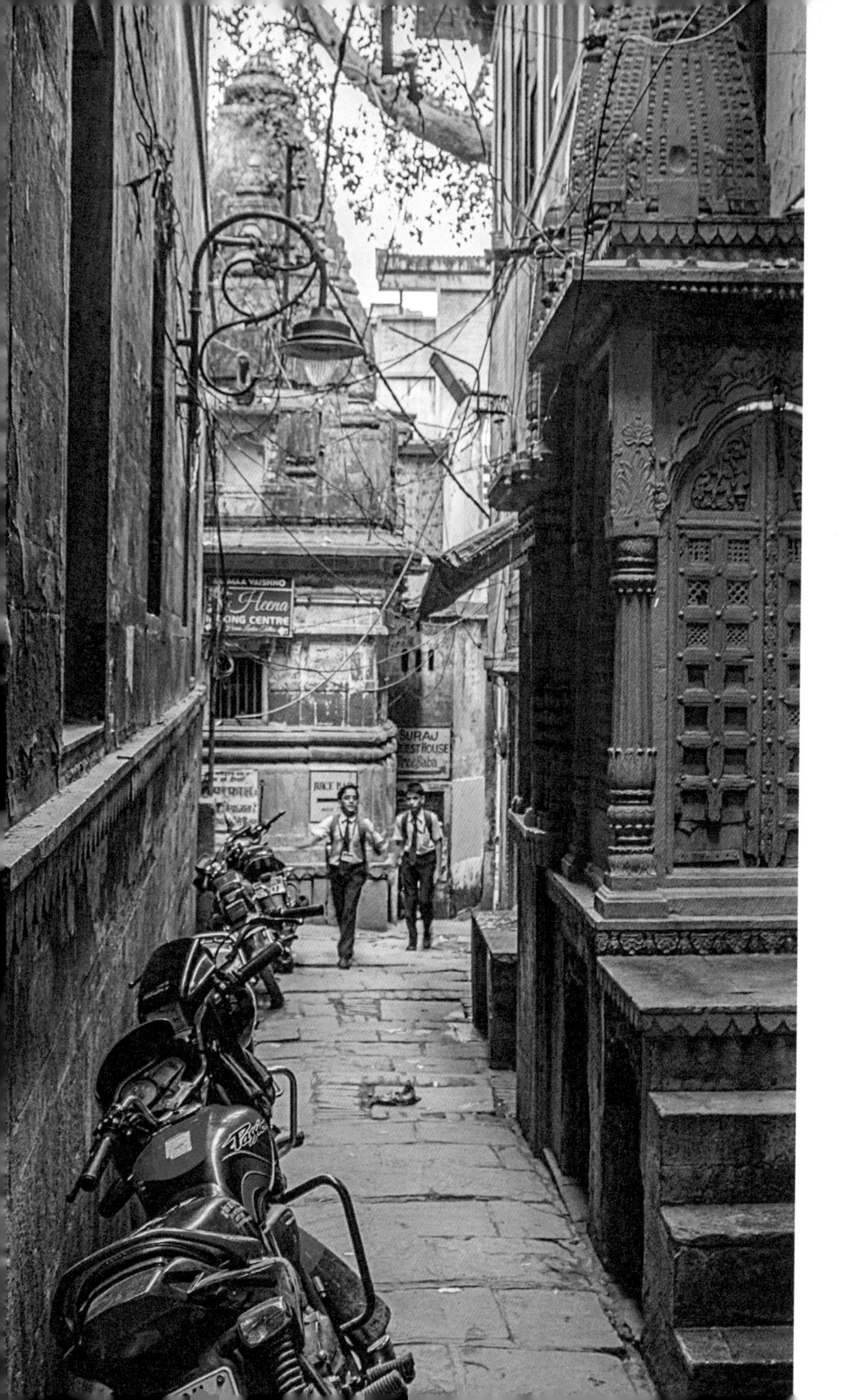
MAA VAISHNO
Heena

으로 시선을 내리면, 화장터로 유명한 마니카르니카 가트(일명 버닝 가트)가 내려다보인다. 시체는 오징어가 가스레인지 위에서 오그라들듯이, 오그라들었다가는 다시 펴졌다가 군데군데 살점이 터지듯이 변화를 거듭하면서 서서히 재가 된다. 시체 타는 냄새가 공기 중을 오락가락하다가 샨티 게스트하우스에도 자주 들르곤 하지만, 하루만 지나면 여행객들의 코는 시체 타는 냄새가 마치 자기 몸에서 나는 냄새라도 되는 양 익숙해진다.

개 짖는 소리가 한밤중의 하늘을 가로지른다. 멀리 하늘에서 별똥이 하나둘 떨어지고, 별똥이 떨어지는 것에 맞추어 타오르던 장작불도 꺼진다. 24시간 가동하는 화장터는 쉬는 법이 없다. 세상 어딘가에선 사람들이 한시도 쉬지 않고 죽어가고 있기 때문일까. 죽음은 끊임없이 불이 되어 신에게로 간다. 신은 멀리 있지 않다. 갠지스 강물이 바로 신이다. 불이 바로 신이다. 바람이 바로 신이다. 신은 멀리 있다. 갠지스 강물도 불도 바람도 궁극적인 신은 아니다. 그들은 '신'이라는 이름일 뿐, 궁극의 신은 그 이름 너머에 있어, 사람들은 신을 만나고도 신을 갈망한다. 신이 옆에 있어도 신을 그리워한다. 신에 의해 타오르고 신에 의해 신을 만나고 신을 만나고도 신을 만나지 못하는 우리의 죽음, 죽음, 죽음들……. 그것들은 보석같이 아름다운 빛깔로 시시각각 변하면서 변하지 않는다.

한밤중의 갠지스는 우리들이 맞이해야 할 시간만큼이나 넓다. 끝이 보이지 않는 삶의 무게가 어둠으로 변해 우리를 짓누른다. 돌아보면 도시의 불빛이 아름다운 보석을 흉내 내고 있다. 보석처럼 빛나는 삶과 보석처럼 타오르는 죽음과 보석처럼 허무한 삶과 죽음을 구경하러 우리는 바라나시에 왔던가. 생각해 보면 그 죽음이라는 배경이 있기에 우리는 이 도시에 왔고, 여행을 즐기는 것 아닌가. 아니다, 여행은 즐기는 것이 아니다, 여행은 고행하는 것이다. 바라나시에 오면 누구나 여행을 고행하고 고행을 여행한다.

새벽 배를 타고 갠지스의 배 위에 오르다

바라나시에서 꼭 빠뜨릴 수 없는 일은 새벽과 저녁에 배를 타는 일이다. 새벽 4시에 샨티 게스트하우스에서 운영하는 배가 뜬다. 아직 깜깜하다. 깜깜한 배를 타고 물살을 가르면 순식간에 세상은 어둠 속에서 환해진다. 바라나시의 가트는 마치 활처럼 휘어 있다. 긴 가트들이 서로 연결되어 각자의 역할을 한다. 새벽부터 가트는 벌써 인산인해다. 물속에 들어가 물을 소중하게 퍼올리면서 사람들은 기도한다. 버닝 가트에 또 하나의 시체가 타오르기 시작한다. 가장 깨끗한 새벽에 신을 만나기 위해 죽음은 여행을 떠나는 것이다. 죽음은 먼저 불의 신 아그니를 만났고, 새벽을 알리는 쌍둥이 신 아쉬빈을 만났고, 새벽의 신 우샤스를 만났고, 태양이 떠오르면 수리야를 만날 것이다. 그리

고 궁극의 신 브라흐마를 만나기 위해 비슈누와 시바를 찾아 헤맬 것이다.

이제 우리들의 갠지스 유람선은 길을 떠났다. 북쪽의 람 가트부터 남쪽의 라나 가트까지 약 2km쯤 되는 거리를 배는 왕복한다. 우리들은 모두 갠지스의 이 성스러운 풍경에 입을 다문다. 왁자지껄함 속에 경건함이 있고, 가장 하찮은 사람의 목욕에도 위엄이 깃들어 있다. 그들의 종교 행사 앞에 무작정 카메라 셔터를 눌러 댈 수는 없다. 특히 마니카르니카 가트에서는 사진을 찍지 말라고 한다. 배는 제법 버닝 가트 가까이까지 간다. 새벽을 타오르는 시체들, 이 시체들은 죽어서도 참 부지런하다.

한 소년의 배가 우리의 배 가까이 다가온다. 배에 작은 등잔을 가득 싣고 온 소년은 등잔에 불을 붙여 우리에게 내민다. 우리가 돈을 주고 등잔을 받아 갠지스 강물에 띄우면, 등잔은 꽃불이 된다. 꽃불은 출렁거리면서 물살을 따라간다. 물살이 흔들릴 때마다 꽃불은 위태롭지만, 그것이 강가 신과 아그니 신이 교류하는 장면이다. 이때 신을 향한 간절한 마음이 있으면, 신과의 다르잔(합일, 만남)이 이루어지게 되는 것이다. 저 불꽃은 우리의 염원(念願, 炎願)의 형상화다. 형상이 있는 것은 결코 영원하지 않다. 보이는 불꽃이 아니라 보이지 않는 불꽃이 갠지스강에서 기도하는 이들의 진정한 염원일 것이다. 우리의 염원을 형상화한 저 불꽃은 한참을 더 갠지스를 여행할 것이나, 우리가 이

배에서 내려야 하듯이 곧 꺼지고 말 것이다. 그리고 갠지스에 합류하여 갠지스가 될 것이다. 그렇게 우리들은 갠지스와 하나가 되어 가고 있었다. 갠지스 강물에 손을 담가 보았다. 차가웠다. 갠지스는 아무 말 없이 차갑기만 했다.

강 위로 해가 떠오른다. 차가웠던 갠지스가 뜨거워지는 순간이다. 강가를 거닐던 개들도 뜨거워졌는가. 타오르는 시체 옆에서 개 한 쌍이 엉덩이를 서로 맞대고 교미하고 있다. 우리나라 같으면 누군가 한 대야의 물을 퍼부어 둘을 떼어 놓겠지만, 인도인들은 죽음 옆에서 이루어지는 탄생의 염원을 내버려 둔다. 신성한 장소에서도 생활은 여지없이 이루어져, 사람들은 음식을 팔고, 마사지를 해 주고 돈을 받고, 어떤 사람들은 하시시를 권하고, 몇몇 소년들은 엽서를 판다.

나의 시체가 타오르고 있다

활처럼 휜 바라나시의 강가에는 수많은 가트가 있다. 그중에서 우리 숙소에서 가까운 마니카르니카 가트는 가장 신성한 가트이기도 하다. 가트에는 화장하는 사람들에게 나무를 팔기 위해 장작이 하늘 높이 쌓여 있다. 근처에 마니카르니카 샘이 있는데, 거기서 시바의 아내 파르바티가 귀걸이를 잃어버렸다 한다. 그러자 충실한 시바가 귀걸이를 찾았는데, 그때 흘린 땀으로 인해 샘이 되었다.

가트와 샘 사이에는 비슈누의 발자국을 모신 차란파두카라는 작은 제단도 있다. 이곳에서 유력한 인사의 화장이 거행되기도 한다. 비슈누의 발자국은 생각보다 작지만, 아주 소중히 모셔져 있다. 우리가 보기에는 신성하다기보다는 귀엽지만, 힌두인에게는 한없이 성스러운 모습이다. 힌두인들은 위대한 신이나 성자가 다녀간 흔적을 곱게 간직하고자 하는 소망이 있다. 그러다 보니 신발이나 발자국이 자아의 상징이 되기도 한다. 라마가 14년간 유배 생활을 하는 중에도 동생 바라타는 자신이 라마 대신 왕의 자리에 있음을 분명히 하기 위해 라마의 신발을 왕좌에 올려놓고 통치했다. 마니카르니카 가트보다 약간 북쪽에 위치한 다타트레야 가트에도 다타레야라는 성자의 발자국이 모셔져 있다.

오후 4시에는 샨티 게스트하우스에서 석양의 배를 띄운다. 나는 다시 마니카르니카 가트에 갔다. 석양 배는 멀리 강 저편 가까이로 해서 메인 가트에 접근했다. 메인 가트인 다사스와메드 가트는 브라흐마가 10마리의 말을 희생시킨 가트이다. 그곳에 시탈라(천연두의 여신) 상이 있다.

다사스와메드 가트 바로 위에 1600년에 지어진 만 만디르 가트가 있다. 북쪽 구석에 돌 발코니가 있고, 자이푸르의 왕 싱이 지은 전망대가 있다. 미르 가트 위에는 네팔 절이 있는데, 벽에 에로틱한 조각이 새겨져 있다. 그리고 잘사인 가트와 랄리타 가

트가 있는데, 랄리타 가트 쪽에 한국인이 많이 이용하는 푸자 게스트하우스가 있다. 심심한 한국인들은 푸자 게스트하우스와 샨티 게스트하우스를 왔다 갔다 하며 교류하곤 한다. 가트 주변에는 수많은 숙소가 널려 있다. 영혼 여행을 나온 힌두인들의 잠자리를 마련해 주는 고마운 숙소들이다. 힌두인들은 가트에서 목욕하여 깨끗해진 몸으로 바라나시 곳곳에 있는 사원들을 순례한다.

내일은 나도 사원을 순례할까, 아니면 1916년에 지어진 전통 있는 명문 대학 바라나시 힌두 대학을 다녀올까? 행복한 고민 속에 잠든 나는 꿈속에서 바라나시의 가트를 다시 만났다. 나는 버닝 가트의 화장터 하나를 차지하여 불타오르고 있었다. 나는 나의 시체가 타오르는 것을 바라보았다. 나의 시체는 서서히 재가 되어 갔다. 그런데 하나도 고통스럽지 않았으며, 오히려 참으로 평화스러워졌다.

죽어서도 라마의 이름을 부르며

바라나시에서 나는 마지막으로 사르나트를 다녀오기로 했다. 석가모니도 바로 이곳 바라나시의 가트를 지나 사르나트로 향했으리라.

차우칸드 스투파라고 불리는 인공 언덕은 석가모니의 첫 설법을 기념해서 만들어진 것인데, 석가모니의 첫 제자인 다섯 사문이 석가모니가 오면 말도 받아 주지 말자며 마음으로 바늘방석을 만들던 장소이다. 이 언덕은 평화로운 마을 한쪽에 조용하게 자리 잡고 있는데, 그 형상이 마치 거대한 소똥 같다. 마을 사람들은 근처에서 소똥을 말리고 있고, 부처님의 발자취는 소똥의 형상으로 사람들을 깨우치고 있다. 스투파 꼭대기에는 1588년 후마윤이 이곳을 방문했을 때 만들어 놓은 전망대가 있다. 우리가 스투파를 올라가고 있으니까 그곳을 관리하는 사람이 쫓아와서 문을 열어 주었다.

우리는 그와 함께 전망대를 올랐다. 전망대에 오르니 사르나트 전체가 시원스럽게 열렸고, 멀리 다메크 스투파가 보였다. 그러나 이렇게 조망하는 것을 좋아하는 것은 불교의 유물이 아니다. 스투파를 무시하기 위해 후마윤은 스투파 위에 그들의 눈을 심어 놓은 것이다.

녹야원 입장료는 2달러였다. 그나마 많이 내린 가격이다. 우리는 2달러를 내고 부처님의 발자취가 남겨진 곳을 하나하나 둘러보았다.

멀리서도 눈에 띄는 다메크 스투파는 첫 설법지에 세운 탑이다. 500년경에 만들어진 것인데 굽타 양식과 마우리아 양식이 혼합되어 있다. 여러 번 개축한 흔적도 보인다. 지름은 28.5m, 높이 33.53m(기단까지 합하면 42.06m)이다. 여러 번 개축하여 문양이 이리저리 흩어져 있으나 참으로 아름다웠다. 덩굴무늬, 연꽃

무늬, 구름무늬 등 우리나라 불교미술에서도 자주 보이는 문양이 다채롭게 탑을 형성하고 있었다. 무엇보다도 이 스투파는 석가모니의 첫 설법지에 세워졌다는 점에서 그 의미가 크다고 하겠다. 우리는 경건하게 그 탑을 돌면서 예배했다. 2,500년 전의 첫 설법이 여기 돌아와 이러한 탑으로 섰지만, 탑은 탑일 뿐, 결코 법이 아니니, 다만 이슬이어라. 이슬과 같이 아름다운 탑을 뒤로하고 우리는 아소카 왕이 명상에 잠겼던 작은 사당으로 갔다. 그곳은 문이 잠겨 있었으나 우리는 월담하여 구경했다. 조각난 돌조각들이 쓸쓸하게 우리를 맞이했다. 그 쓸쓸함이 붓다의 가르침일까? 모든 보이는 것, 모든 현상은 항상하는 것이 없으니, 결코 집착하지 말라. 나는 붓다의 가르침을 생각하며 폐허의 유적지를 계속 돌아보았다.

다르마지카 스투파가 있던 건물은 폐허로 남아 있다. 1749년에 건물이 헐렸고, 19세기에 중요한 유물들이 도둑맞았다 한다. 스투파에서 나온 사리함은 캘커타 박물관에 안장되어 있다. 스투파 옆에는 아소카 필라의 잔해(밑부분만)를 모셔 놓았다. 중요한 부분은 뮤지엄에 안장되어 있고, 기둥에 아소카 왕이 반포한 칙령이 새겨져 있다.

뮤지엄에서 우리는 아름다운 아소카 필라와 다시 만났다. 맨 위에 네 마리의 사자가 4방위를 지키고 있고, 가운데 기둥에는 네 개의 차크라와 네 마리의 짐승이 새겨져 있다. 네 개의 차크라에는 각각 24개의 바큇살이 있다. 아소카 필라의 상단이 바로 인도의 상징이 되어 국기에 안장되었다. 이것은 하루 24시간, 1년 24절기를 의미한다. 네 마리의 짐승 중 코끼리는 마야 부인의 태몽을 연상시키며, 말은 싯다르타의 출가 모습을 떠오르게 한다. 사자는 용맹을 상징하며, 황소는 정진을 상징한다.

박물관에는 또 하나의 명작이 있다. 아주 정교한 초전법륜상이었다. 5세기에 만들어진 이 상은 붓다의 인자함을 몸으로 전해 주고 있었다. 부드러운 옷 주름은 마치 바람에 날릴 것 같았고, 연꽃무늬가 약간만 새겨진 방석도 참으로 부드럽게 보였다.

사르나트는 아직도 우리에게 끝없는 평화와 힘을 부여해 주고 있었다. 인공 언덕에서는 꽤 귀찮게 구는 어린 아이들이 있었다. 1루피를 외치는 녀석들, 돈을 벌기 위해 재주를 넘고 노래를 부르는 녀석들, 우리는 무엇을 위해 여기에 왔던가. 세상을 구원하는 길이 있기는 있는 것인가? 오늘 따라 바람이 참으로 시원하다.

바라나시에서 열흘 이상을 머물렀기 때문에 참 많은 사람들을 만났다. 그들과 참으로 즐거운 시간을 보냈다. 그러나 이 지면에 그 이야기를 구구절절 쓸 수는 없을 것 같다. 그들과 함께 사르나트도 갔고, 음악이 흐르는 라가 카페에서 식사를 하기도 하고, 함께 차를 마시기도 했다.

시타 게스트하우스까지 산책을 나갔다가 돌아오는 길에 라가 카페에서 점심을 먹었다. 시타는 라마의 아내이다. 역시 신의 이름을 여관 이름으로 사용하고 있는 것이다. 라가 카페에서는 저녁에 인도 음악 연주회를 연다. 소규모이지만 인도 전통 악기의 아름다운 소리를 들을 수 있다. 점심을 먹고 있는데, 시체가 지나가는 소리가 들린다. 조심스럽게 들어 보니, "람 람 사티야 헤"라고 하는 것 같았다. 주인에게 물어보니 그것은 비슈누의 화신 라마를 생각한다는 뜻이란다. 죽을 때까지 라마를 생각하는 것을 보니, 라마가 인도인의 가슴속에 얼마나 깊게 각인되어 있는지를 알겠다.

바라나시는 시바의 도시임에도 불구하고 이렇게 많은 신이 함께 공존한다. 신들만 있는 것이 아니라 온갖 인간들도 공존한다. 성자로부터 마약쟁이, 깔끔한 공무원으로부터 양아치까지, 사제로부터 장사꾼까지, 온갖 사람들이 바라나시라는 독특한 오케스트라를 연주하고 있다. 신과 인간의 공동체가 이곳에 있고, 선과 악의 공동체가 여기에 있으며, 성(聖)과 속(俗)의 공동체가 이 땅에 있는 것이다.

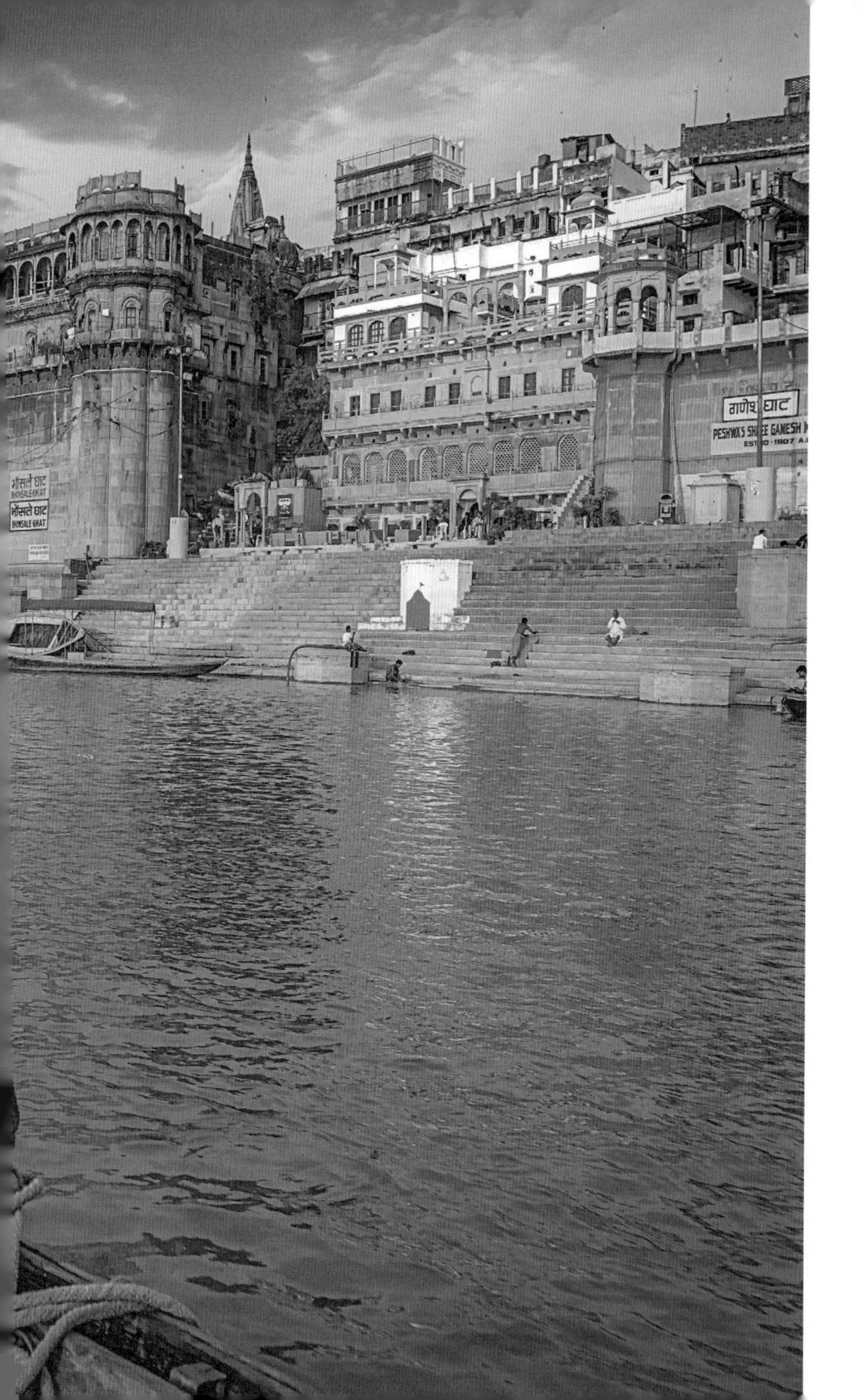

भोंसले घाट
BHONSALE GHAT
गणेश घाट

별을 찾아서

신경림

지구상에서
가장 가기 힘들다는 오지라
험한 고개를 넘어
낙원이라 불린다는
스리나가르까지 간 하룻길을
나는 오래 두고
잊지 못할 것이다.

소백산 풍시로 별을 보러 간다

별과 별 사이에 숨은 별들을 찾아서
큰 별에 가려 빛을 잃은 별들을 찾아서
낮아서 들리지 않는 그들 얘기를 듣기 위해서

별과 별 사이에 숨은 사람들을 찾아서
평생을 터벅터벅 아무것도 찾지 못한 사람들을 찾아서
작아서 보이지 않는 그들 춤을 보기 위해서

멀리서 큰 별을 우러르기만 하는 별들을 찾아서
그래서 슬프지도 불행하지도 않는 별들을 찾아서

흐려서 보이지 않는 그들 웃음을 보기 위해서

사람과 사람 사이에 숨은 별들을 찾아서
사람들 사이에서 사람이 다 돼 버린 별들을 찾아서
내 돌아가는 길에 동무 될 노래를 듣기 위해서

히말라야 라다크로 별을 보러 간다

_신경림, 「별을 찾아서」

뉴델리의 네루 대학에서 있는 세미나에 참석하고 이어 북부 지방을 여행한다는 인도 기행 계획을 듣고 나는 내심 기뻤다. 인도는 처음인 데다 꼭 한번 가 보고 싶었던 나라다. 간디, 네루에 타고르를 통해서 인도는 내게 꽤 친숙한 나라였다. 게다가 나는 소년 시절 모윤숙이 쓴 타지마할을 찬미한 시를 뜻도 모르면서 반쯤 왼 적도 있다. 인도와 가까워질 이유는 또 있다. 20대 때 어떤 출판사에서 낸 『네루 자서전』 번역에 참여한 일이다. 이 때 나는 그 책을 꼼꼼히 읽으며 인도 전국을 누비고 다니는 환상에 빠지곤 했다. 자기 나라 땅과 사람을 사랑하는 뜨거운 마음이 깊이 전달되었기 때문일 것이다. 그것이 인연이 되어 70년대에는 모리모토 다쯔오라는 일본 저널리스트의 해설 소개서

『인도 독립사』라는 소책자를 번역해서 한 출판사가 기획하는 제3세계 문화총서에 넣기도 했다.

행선지에 라다크의 주도 레가 포함된 것도 마음을 끌었다. 헬레나 노르베리-호지의 『오래된 미래』를 통해서 라다크나 레는 이미 내겐 낯선 이름이 아니었다. 물질적 풍요와 자본주의 그리고 삶의 편의와 행복이라는 문제를 다시 한 번 생각하게 만드는 지구상에 남아 있는 몇 안 되는 오지가 바로 라다크요, 레이기 때문이다. 그러나 나는 이 오지에 가서 하늘에 가득한 별을 본다는 꿈이 더 컸다. 라다크에서는 별이 발아래로 뜨더라는 한 후배 시인의 글이 아직도 머리에 남아 있다.

이번 기행에서 내 기대가 충족되었다고 말하기는 어렵다. 라다크는 이미 '오래된 미래' 속의 라다크는 아니어서 곳곳이 파헤쳐지고 새 건물들이 세워지고 있었다. 옛 궁전과 사원, 그리고 많은 석불은 라다크와 레가 이곳이 티베트 불교에서 차지하는 위치를 알게 하지만, 거리는 자본주의의 찌꺼기를 주우려는 검은 손들로 소란스러웠다. 이 지구상에 더 이상 오지는 없다고 생각한다는 것은 쓸쓸한 일이었다. 더구나 당연히 볼 수 있으리라 기대했던 힌두교의 유적지는 끝내 보지 못했다. 그러나 지구상에서 가장 가기 힘들다는 오지라 험한 고개를 넘어 낙원이라 불린다는 스리나가르까지 간 하룻길을 나는 오래 두고 잊지 못할 것이다. 사흘이나 머문 달 호수에서도 날씨 탓으로 별은 보

지 못했지만 밤 뱃놀이는 이곳을 수도로 해서 번성했던 옛 아소카 시대를 상상하게 만들면서 나를 즐겁게 했다.

인도는 한 번 여행으로는 전혀 그 맛을 모른다는 것이 이번이 네 번 또는 다섯 번째 인도 여행이라는 선행자들의 단언. 첫 번째 기행으로는 결코 실패가 아니라는 그들의 말을 일단 믿어보기로 한다. 시 한 편을 쓸 수 있었다는 것만도 얼마나 큰 행복인가.

"죽음은 무엇을 의미할까요. 그것은 모든 것과의 단절입니다. 죽음은 날카로운 면도날로 당신을 당신의 집착으로부터, 당신의 신으로부터, 당신의 미신으로부터, 편안하려는 욕망으로부터 잘라 버립니다. 참으로 산다는 것은 당신이 집착하고 있는 모든 것을 버릴 때만 가능합니다. 그래야 하루하루가 새로운 날이 됩니다. 당신은 날마다 죽으면서 다시 태어나야 합니다."

_크리슈나무르티

ⓒ 함명춘

인도 소풍, 나는 아직 수염을 깎지 않았다

—

문인수

밤에 인도를
한눈에 내려볼 수 있다면
그 사람들의 모닥불은
다름 아닌
지상의 수많은 별이리라.
하늘의 별들과 조응해서
족히 한 우주를
이룰 것이라는 생각.

인도에서는 마시는 차를 '짜이'라고 부른다.
무슨 가축의 젖을 원료로 쓴다고 하는데, 그래서 그런지
달착지근하니 약간은 비린 맛을 풍긴다.

내가 아, 빤히 올려다보며 빨아먹은 어미는 도대체 몇 왕생
몇몇이었을까
윤회를 믿는 신비한 나라.
인도 미인들의 검은 눈은 깊고 그윽하다.

_문인수, 「짜이」

인도엘 다녀왔다. 누가 내게 "인도에 가서 뭘 봤느냐"고 묻는

다면, 나는 한 마디로 "사람의 눈을 보고 왔다"고 대답할 수밖엔 없을 것 같다. 그것이 인도에 대한 내 깜냥의 감동과 경의의 한 간절한 표현이다.

'인도소풍?'이란 재미있는 이름을 가진 서울의 한 여행사를 통해 그야말로 한 열흘 인도 소풍을 하고 왔다. 그러니까 지난해 12월 31일 대구를 출발, 서울과 홍콩을 경유해 갔다가 신년 1월 12일 집에 돌아왔다. 송구영신의 순간을 홍콩과 뉴델리 사이의 어느 상공 여객기 안에서 보냈으며, 새해 벽두를 먼 타국, 인도에서 보낸 셈이다. 그리고 나는 조금이나마 더 인도에 머무는 기분을 살리기 위해 1월 20일까지 수염을 깎지 않았다. 인도 사람들의 그 눈 이하, '검은 복면' 같은 수염에 비해 나는 비록 몇 올 솔가지 '눈사람 수염'에 지나지 않지만 면도기를 갖다 대기엔 자꾸 아깝다는 생각이 든다. 사실, 인도 가기 며칠 전부터 이미 깎지 않았던, 그러니까 아예 마음먹고 길렀던 수염을 그대로 둔 채 현지 기분을 좀 연장하고 있는 것이다.

나로선 재작년 여름 중국 여행에 이어 이번이 평생 두 번째 경험하는 해외여행이었다. 평소 외국에 대한 호기심이 크게 없었기에 그 나들이 횟수가 이처럼 빈약하기 짝이 없는 것이다. 한여름에 본 중국의 장가계 일대의 절경이나 항주 등지의 고색창연함에 대해서는 나는 아직도 아무런 입을 떼지 못하고 있다. 글로써 적고 싶은 게 없다. 이번 여행지인 인도 일부의 경우에도 그러하다. 예를 들어 그 화려한 타지마할 궁전이나 아그라 포트 성, 쿠트브미나르며 바하이 사원, 국립박물관의 유물들에 대해서도 그것들의 위용이 너무 압도적이어서 그런지 나 역시 할 말이 없고, 앞으로도 아마 그럴 것이다.

이른 아침, 숙소 현관 앞이 갑자기 소란해졌습니다.
우리 일행의 체크아웃 시간에 어떻게 맞췄는지
두 아이의 즉석 거리 공연이 그렇게 벌어진 것인데요,
열두어 살짜리 남자아이는 앉아 북을 두드리고
그보다 훨씬 어린 여자아이는 연신 땅재주를 넘으며
제 몸, 제 굴렁쇠 속으로 여러 번 가냘프게 흘려 넣고 있습니다. 세상에, 빛나는 것이라고는 손때 묻은 굴렁쇠와 검은 눈뿐
아이는 한 뭉테기 넝마처럼 사정없이 뒹굽니다. 아이가 자꾸 짚으려는
여기는 인도, 여기는 델리, 여기는 빈민가
추운 날씨의 지저분한 길바닥은, 아이를 옥죄는 저 싸늘한 굴레 속은
도대체 얼마나 깊은 것인지요, 오래된 사원
쿠트브미나르의 낡은, 동그란 우물 속을 들여다보는데요,
돌로 쌓아 올린 안쪽 입구에 웬 가느다란 넝쿨식물 한 줄기

가 서너 뼘, 아래로 처져 어린 나이처럼 한사코 파들파들 팔 뻗습니다. 아,

깊지 않은 운명이란 없고

앞날은 이미 깜깜해서 손끝에 만져지지 않습니다.

_문인수, 「굴렁쇠 우물」

그러나 인도의 그늘에 대해서는 뭔가 자꾸 말하고 싶다. 그 지독한 소음과 매연, 무질서가 뒤섞여 들끓는 도시라는 지옥, 혹은 극빈의 함정 속에 버려진 사람들. 그들은 모두 누구인가. 그러나 그런 도가니 속에서도 사람들은 여전히 살아 있었고, 살아 있는 사람들의 더없이 깊은, 검고 아름다운 눈이 있었다. 방치된 소와 개와 염소와 돼지들과 함께, 싸이클 릭샤에서 외제 세단에 이르기까지 온갖 차량들이 들끓는, 그것들과 함께 어디론가 하염없이 흐르는 사람들이 있었다. 그 사람들의 지향 깊은 눈, 눈 깊은 사람들이 지금 오래, 천천히 통과하고 있는 거리는 바로 '생의 고통 한 마당'인 것 같았다. 그러나 일절, 비명도 엄살도 분노도 저항도 없이 그저 무표정한 얼굴들. 그 눈 깊은 영혼들의 그늘진 아름다움에 대해서는 나도 뭔가를 좀 아는 척하고 싶다.

오래 견디는, 아니 참으로 오래 기다려 온 그 깊은 눈의 아름

다움은 특히, 인도 여인들한테서 완성되고 꽃 피는 것 같았다. 여행 중에, 자주 마주치는 그녀들의 미모에 대해 나는 거의 매번 입 다물지 못했다. 보는 족족, 굳이 어떤 말로써 일일이 찬탄해 마지않았다. 그 바람에 일행들한테 여러 번 핀잔 듣고 면박을 당하기도 했지만, 어쩔 수 없는 일이었다. 거리의 노숙자 중에서, 타지마할 궁전 뒤 야무나 강변의 한 촌락 움막집에서, 도시의 뒷골목 염소 사육장에서 본 그 '미인이라는 절경'은 무엇인가. 꾸며도, 꾸며도 그 한계가 빤한 '인공'에 비해 처박아도, 처박아도 나를 사무치게 하는 '자연'이 있었다. 그녀들의 그 깊은 눈의 아름다움은 그 자체가 한 편의 애절한 비극이 아닐 수 없었다. 화장기는커녕 먼지를 뒤집어쓴 그 표정 없음! 그 짙은 그늘이 그토록 아름다울 수 있다는 것은 무엇일까. 그것은 무엇보다 우선, 내 마음에 들이닥치는 감정이 그 흔해 빠진 색(色)이 아니라 신비요, 그리하여 그 모든 가식을 물리칠 수 있는 진실의 향기! 바로 그 힘이 아닐까 싶다. 그렇듯 겹겹의 남루를 껴입고 묻혀 있는, 묻혀 아무런 마음의 불행이 없는 눈빛, 그 천혜의 깊은 고요에 대해 나는 참 간절히, 많이 말하고 싶은 것이다.

야무나 강변 작은 촌락 한 움막집에, 그 집 빨랫줄 위로 옛날 옛적 사랑 많이 받은 왕비의 화려한 무덤, 타지마할 궁전이 원경으로 보입니다. 궁의 둥근 지붕이 거대한 비눗방울처

럼, 분홍 엷은 나비처럼 아련하게 사뿐 얹혀 있고요 빨래가, 원색의 낡고 초라한 옷가지들이 젖어 축 처진 채 널려 있습니다.

족보에도 없는, 이 무슨 경계일까요. 오색 대리석으로 지어졌으나 죽음은 그 어떤 역사에도 불구하고 말할 수 없이 가볍고 가벼워서 짐이 없는데요, 삶이란 또 몇 벌의 누더기에도 당장 저토록 고단하고 무겁습니다.

그러나 그때,

어린 새댁이 하얗게 웃으며 얼른 움막 속으로 숨어버렸는데요. 개똥밭에 굴러도 역시 이승에 땡깁니다. 오래 내 마음을 끄는 그녀의 남루한 빨래궁전 쪽, 저 검고 깊은 눈이 전적으로 아름답습니다.

_문인수, 「빨래궁전」

만신이 다스리는 나라 인도는 저녁이 되면 추웠다. 저녁이 되면 또 어디선가 '두 손 바가지'로 퍼 담아 온 것 같은 나지막한 모닥불을 피운다. 그것으로 밤새도록 어둠 속에다 정성껏 꽃 피워 올리는 것 같았다. 그러나 생의 상처 같기만 한 그 딱 1인분씩의 모닥불들. 그걸 또 여럿이 둘러앉아 쬐기도 한다. 이튿날 이른 아침이면 그 모닥불 피웠던 자리엔 어김없이 떠돌이 개들이, 온몸에 온통 꽃 박아 놓은 듯 피부병에 걸린 개들이 둥글게 몸을 말아 코를 박고 잔다. 간밤의 그 극빈의 사내들이 전달해 준 것 같은, 그 나눠 쬐는 온기가, 모닥불이 인도엔 많다. 밤에 인도를 한눈에 내려볼 수 있다면 그 사람들의 모닥불은 다름 아닌 지상의 수많은 별이리라. 하늘의 별들과 조응해서 족히 한 우주를 이룰 것이라는 생각.

1

추운 사내가 검은 콘도르처럼 혼자 쭈그리고 앉아 모닥불을 쬡니다.

마분지나 헝겊, 판자 쪼가리 같은 쓰레기들을 주워 모아 만든 꽃이기도 한데요,

저렇듯 정성껏 퍼 담아 피워 올리는 딱 1인분씩의 모닥불이 밤하늘의 눈인 양

극빈의 두 손을 자세히 들여다보는 밤이 흘러갑니다.

2

이른 아침, 간밤의 추운 사내들이 딱 1인분씩 피워 올렸던

모닥불 자리엔 어김없이

이곳 거리의 떠돌이 개들이 웅크린 채 코를 박고 있는데요,

녀석들의 몸에 꼭 맞춰 전달한 것 같은 한 채의 동그란 온기가 무슨 자궁 속처럼 소복하게 숨 쉬고 있습니다. 그러나

대부분의 개들이 지독한 피부병에 걸려 있어서

시뻘건 욕창이 등가죽에다 꽃 박아 놓은 것 같습니다. 커다란 소들이 비명도 없이 그 쓰라린 데를 끔벅끔벅 지나가고요,

소음과 매연으로 꽉 차 지옥같이 들끓는 거리를 참 느리게 통과하면서 큰 눈이 자꾸 더 깊어지는지요,

깊어져 진실로 아름다워지는지요, 먼 데를 보는 사람들이 무표정하게 오래 흘러갑니다.

_문인수, 「모닥불」

이 광활한 인도 대륙을 우리 일행은 두 번에 걸쳐 장시간, 장거리 이동을 했다. 저녁에서 이튿날 아침까지, 새벽에서 다시 그날 밤까지 기차는 대륙을 달렸고, 퍽이나 참 대륙적으로 달렸다. 사람을 태워서 하룻밤씩 재워 가며, 끼니까지 먹여 가며 달렸다. 아무 때나, 아무 데서나 서고 어떤 때는 교행하는 기차들끼리 나란히 서 있기도 했다. 그러면 양쪽 승객들이 호기심에 찬 표정으로 서로를 건네다 보았는데, 그럴 때의 기차와 기차

사이 좁은 공간은 전생의 어느 오래된, 따뜻한 인정이 흐르는 골목 같기도 했다. 어느 농촌 들녘에 그런 신기루 같은, 길다란 골목 한 줄기가 느닷없이 생겨난 걸 보았다.

인도 대륙을 기차로 이동하는 동안은 지루합니다. 잠 깨고 보니 기차가 또 서 있는 중이었고, 이른 아침이었습니다. 무슨 일 때문인지 이번엔 아무런 역도 아닌 인적 드문 어느 농촌 들녘 같았습니다. 그런데요, 우리가 탄 기차와 나란히, 그러나 교행하는 다른 기차가 또 한 줄 건너편에 서 있었고요, 초라한 행색의 사람들이 쏟아질 듯 모두 이쪽을 건네다 보고 있었습니다. 그때, 양쪽 기차에서 우르르 쏟아져 내린 잡상인들이 이리저리 뛰며 뭐라 뭐라 외쳐댑니다. 여럿이 까치발 들며 바구니에 담긴 것, 손에 든 것들을 차창에 갖다 대며 흔들며 갑자기 되게 북적댑니다. 기차가 다시 움직였는데요, 하지만 이렇다 할 추억이 없으니 만나고 헤어지는 일 또한 어떤 죄도 아니었고요, 그 사람들은 외국인인 우리 일행들한테 특히 많은 호기심을 보였는데요, 서로가 참 제 나랏말로 손 흔들거나 웃거나 하면서 작별하면서 다만 저릿하게, 한 줄기 길게 통하는 것, 그걸 잠시 내다보았습니다.

하룻밤을 꼬박 새워 도착한 기차와 기차 사이, 기차가 몰고 온 기나긴 골목 하나가 꿈틀, 장터거리처럼 문득 거기 생겨났

고요, 그 끝이 한바탕 일출 중이었습니다. 몇 백 년, 몇 천 년에 걸쳐 몰고 온 것일까요. 낡은, 오랜 그 골목에서 우리, 한때, 한 세상 와글거린 적 있습니다.

_문인수, 「기차가 몰고 온 골목」

달리는 기차의 차창을 정면으로 태연히 마주 바라보며 철로변 들녘의 농촌 사람들은 쭈그리고 앉아 똥을 눈다. 똥이라니, 똥 이야기라면 인도에선 쇠똥을 빼놓을 수 없다. 쇠똥으로 '건디기'라는, 경상도 사투리의 '국 건더기'를 떠올리게 되는 이름의 땔감을 만든다. 쇠똥에다 찰흙과 지푸라기 같은 걸 잘 섞어서 반죽한 다음 커다란 피자만 한, 2~3센티미터 두께의 둥글넙적한 덩어리를 만든다. 그것을 빈터든 낮은 지붕 위에든 어디든 널어 말려 쓴다. 나와 평론가 김양헌은 일정 중 여행사에서 제공하는 프로그램 외에 자투리 관광, '과외 공부'를 따로 했다. 가는 곳마다 거의 매일 기착지의 새벽을, 숙소 부근의 이국 거리를 구석구석 살펴봤다.

그날 새벽엔 나는 또 숙소 앞 네거리에서 이 문제의 건디기불을 피우고 있는 어떤 낯선 사내를 봤다. 나는 사내에게 손짓발짓, 열심 '노력'해서 말을 걸었다. 나는 그렇게 사내의 '조수' 노릇을 자청, 건디기불을 일부러 한 번 피워 본 적도 있다. 한 시대 전, 우리네의 군불아궁이나 모깃불이 내뿜는 연기보다 훨씬 더 맵고 고약했다. 아무튼 이 쇠똥을 주물러 건디기를 만들고, 말리는 일은 주로 여성들이 한다고 한다. 한평생 돈 번다고, 직장생활 한다고 혼자 고생만 한 아내와 아내의 월급봉투가 생각났다. 그 똥 그렇게 주무르고서도 여전히 인도 여인들은 아름답다.

땔감으로 쓰는, 건디기라는 쇠똥덩어리가 있습니다.
쇠똥에 찰흙과 지푸라기 같은 걸 잘 섞은 다음
커다란 쟁반만하게 주물러 널어 말려 쓰는데요,
이 일은 주로 여인네들이 합니다. 그러니 이 쇠똥덩어리마다엔 어김없이
눈 깊어 안타까운 그늘,
그 무표정한 얼굴의 야윈 손자국이 낭자하게 말라붙어 있지요.

현지의 어느 작은 마을 호텔 앞에서 그날 새벽
할 일이 없는 한 사내와 손짓 발짓
상통하며 이 건디기불을 피워 봤는데요, 나는 문득
함께 못 온 아내에게 미안했습니다. 돈 번다고 혼자 고생만 하는

HOTEL GALAXY
RACING

늙은 아내의 월급봉투에도 물론 이런 손자국
무수히 말라붙어 있는 거라 생각하면서, 매운 연기를 피해
이리저리 고개 돌리며 자꾸 이 사내와 함께 찔끔거렸습니다.

_문인수, 「말라붙은 손」

그 많은 땔감, 아니 그 많은 똥을 생산하는 소들도 기차를 타고 몰려드는 사람들처럼 도시에 많이 들어와 어슬렁거렸다. 개들도 염소들도 돼지들도 그렇게 도시의 골목, 골목을 누빈다. 이놈들이 돌아다니며 저렇듯 쓰레깃더미를 뒤지고 있으니 음식물 쓰레기가 자동 처리되는 이득도 있겠다 싶었다. 그러나 거리의 가축들, 짐승들의 저 배설물들은 또 다 어쩌나, 누가 먹나, 좁은 골목길을 커다란 소가 앞서갈 때는 똥칠로 뒤범벅이 된 그놈의 꽁무니를 코끝으로 찌르며 하염없이 따라갈 수밖에 없다. 그러니까, 그렇게 앞서가는 소를 도저히 추월할 수 없을 정도로 골목길들은 좁았다.

그러나 그 좁디좁은 골목길들이 바로 튼튼한 밧줄처럼 한 도시를 잘 묶어 지탱하고 있는 것이 아닌가, 싶기도 했다. 꼬불꼬불, 그 애간장 같은 골목길들이 신이 사는 인도의 그 도시를, 사람들의 그 묵묵부답하는 영혼을 잘 얽어매고 있는 것 같았다. 특히—여기 인도 현지에서는 '강가강'으로 통하는—갠지스강을

끼고 형성된 그 도시, 바라나시. 이곳의 좁은 골목길은 이제, 이승에서 후생으로 가는 마지막 통로인 것이다. 갠지스강에, 강변에, 강변의 화장장에, 마침내 이 화장장 장작불 위에 이르는 그 장엄한 길이, 그 최후의 통로가 바로 소의 꽁무니를 따라가야 하는 이 골목인 것이다.

실제로 바라나시에 도착한 첫날, 강가로 나가는 예의 그 좁은 골목길에서 흰 소 한 마리가 나의, 우리 일행의 앞을 이끄는 듯 느리게 가고 있었던 것이다. 얼마나 갔을까, 앞서가던 소가 갑자기 어디론가 사라지고, 소를 대신하는 갠지스강의 꽁무니가, 그 흰 물비린내가 코를 찔렀다. 그 냄새는 그러나 세상과 사람의 죄업을 씻는 의례였을 것이다. 한 죽음이 마련한 저 딱 1인분의 장작더미는 이제, 참, 평화로웠다. 하루, 하루치의 모닥불로 쌓아올린 마지막 모닥불. 그 '불의 탑'은 경건했다.

그 위에, 오래 기다려 온 한 생애가 얹히는 것을 보았다. 건디기에 말라붙은, 그 수고한 손도 얹혀서 이제 단 한 번 활활 꽃 피는 것 보았다. 그리하여 하늘 깊이, 다음 세상의 어느 자궁이 깊이 따뜻하게 묻히는 것도 보았다.

3

저물어 어두운 거리엔 오늘도 여기저기 사람들의 모닥불들이 뜨고요,

갠지스강 밤 강물엔 오늘도 많은 사람들이 촛불 실어 보내는데요,

저 무수한 별들과 조응하며 오늘도 하염없이 반짝이는 것입니다.

한평생, 아 하루하루 쌓아올린 불의 탑이여

강가 화장터엔 한 죽음이 장만한 나지막한 높이, 딱 1인분의 장작더미에도 불이 당겨지고요, 마지막 모닥불이 이제

추운 생의 상처까지도 남김없이 활활 꽃 피웠다가

밤하늘 깊숙이, 어느 자궁 속에다 따뜻하게 심어 놓는 것입니다.

_문인수, 「모닥불」

인도의 검은 눈은 그렇게 깊고 아름다웠다. 허공 중에서 눈 감는, 사라지면서 커다랗게 눈 뜨는, 내 마음에 머무는 거룩한 어머니! 나는 인도에서 그렇게, 단 한 가지 '인도의 눈'을 보고 왔다.

पौराणिक
गंगा मन्दिर
HOTEL

소중한 만남

―

이해인

어디에나
세계 각 곳에서 온
진지하고 성실한 모습의
자원봉사자들이 있었으며,
어디에나
마더 데레사와 똑같은
푸른 줄무늬의 사리를 입고
사랑을 실천하는
작은 마더 데레사들이 있었다.

1981년 마더 데레사가 2박 3일의 일정으로 한국에 오셨을 때 나는 잠시 텔레비전 화면을 통해 그분의 모습을 보았고, 그 단순하고도 확신에 찬 말씀과 정감이 느껴지는 진실한 목소리에 감명을 받았었다.

평소에도 가끔 대하던 그분의 말씀집을 집중해 읽기 시작하던 지난해 늦가을, 자료실의 사진들을 정리하다가 우리 수녀들이 마더 데레사와 함께 임진각에서 찍은 사진을 발견했다 사무실 벽에다 걸어 두고 오며 가며 그 사진을 바라보곤 했었는데, 뜻밖에도 12월에 직접 뵐 수 있는 기회가 마련되어 무척 기쁘고 설레었다. 개인적인 만남이 아니라 공적인 입장에서 영상 자료에 필요한 인터뷰를 해야 한다는 일이 큰 부담이 되면서도, 생애에 흔치 않을 그 만남의 기회가 귀한 선물로 여겨지는 것이었다.

평화방송 텔레비전에서 마련한 마더 데레사의 다큐멘터리 제작진으로 동행한 성바오로딸 회의 김영숙, 오경길 두 수녀님, 구성과 연출을 책임진 '진 프로덕션'의 김진희 씨, 촬영과 음향을 맡은 남자 두 분을 포함한 우리 일행 여섯 명은 한마음이 되어 마더 데레사와의 만남을 정성껏 준비하며 기다렸다.

엄청난 장비와 무거운 짐들을 들고 봄베이와 콜카타를 왔다갔다 하면서도 소중한 만남에 대한 기대로 어려움과 피곤함을 즐겁게 견뎌 낼 수 있었다.

본디는 단 한 번의 대담이 계획되어 있었으나 뜻밖에도 두 번의 기회가 주어졌으며, 마침 거행되었던 '사랑의 선교 수녀회'의 59명의 첫서원 미사, 29명의 종신서원 미사, 17명의 서원갱신 미사에도 참석할 수 있어 더욱 기뻤다. 비디오나 사진 촬영이 금지되어 있는 본원 성당이나 그 밖의 일터에서도 우리는 마더 데레사의 친필 허락서를 받았기에 마음 놓고 촬영할 수 있었다.

일본인 예수회 사제와 유럽에서 온 손님 몇 명은 혹시라도 마더 데레사를 담은 비디오가 완성되면 꼭 사고 싶으니 보내 달라고 제작진에게 주소를 적어 주었으며, 어떤 신부님은 미사 도중에도 주머니에서 작은 카메라를 살짝 꺼내 마더 데레사를 찍는 모습이 눈에 띄었다.

아무리 말로, 손짓으로 말려도 듣지 않고 사람들이 달려와서 기어이 사진 한 장이라도 찍고 싶어 하는 분, 길을 갈 때면 어느새 사람들이 몰려와 사인을 부탁하고 손이라도 한번 잡아 보고 싶어 하는 분, 마더 데레사는 누구 못지않게 유명한 인기인이 되어 있었으나, 반짝 빛나다 사라지는 세속적인 인기인은 아니다.

그는 가장 허름한 사리에 구멍 난 스웨터를 걸친 맨발의 여인. 이미 한쪽 귀는 잘 안 들리고 심장도 정상이 아닌 주름투성이의 쇠잔한 노인이다. 약 50년 전 '사랑의 선교 수녀회'를 창설한 이후 오늘까지 줄곧 가장 가난한 이들을 위한 사랑에 헌신해온 이 시대의 어머니이다.

1백 개도 넘는 나라에 수녀들을 파견하여 일체의 급료도 받지 않고, 가난한 가운데에서도 가장 가난한 이들에게 온몸과 마음으로 봉사케 하는 마더 데레사. 인생의 목적은 세속적인 성공이나 명예가 아니며 우리도 예수처럼 사랑에 살고, 거룩하게 될 의무가 있다고 말하는 마더 데레사. 요즘처럼 현대화된 세상에 조직 없이 일하면서도 아쉬움이 없고, 돈 걱정을 하지 않으며, 예수가 계시기에 결코 실망할 일도 없다는, 당신이 이 세상을 떠나도 당신이 하던 일은 여전히 잘되리라고 확신하는 마더 데레사. 부자들의 입을 통해서는 더러 불평의 소리를 들어도 당신

© 양현모

이 만난 가난한 이들로부터는 불평하는 말을 못 들었다고 자랑스레 말씀하셨다.

힌두교인, 회교인, 불교인 친구들도 많고, 그들로부터도 많은 도움을 받는다고 웃으며 설명하시던 마더 데레사의 그 모습이 눈에 선하다. 특히 예수, 하느님, 가난한 이들에 대해 얘기할 때 그의 두 눈은 빛났으며 그 목소리는 힘이 넘치고 카랑카랑했다.

많은 이들의 궁금증을 대신해서 내가 어쩌다 그분의 개인적인 성장 과정, 가족 관계, 오늘이 있기까지의 여러 가지 힘들었던 일이나 에피소드에 대한 질문을 할라치면 어느새 그 내용은 비켜 가고 예수와 가난한 이들에 대한 얘기로 다시 돌아와 있곤 했다. 그에게는 오직 현재만이 전부이며 가족들조차 싫다고 내다 버리고 외면하는 비참한 몰골의 사람들, 영육으로 외롭고 목마르고 굶주리고 병들어 지칠 대로 지친 사람들, 누구에게도 인정받지 못하고 마음의 상처와 슬픔으로 가득한 가난한 사람들만이 가장 큰 관심의 대상인 것 같았다.

그래서 그의 수녀원에는 아침부터 저녁까지 가난한 이들의 발걸음이 끊이지 않았으며, 그들은 수녀원을 자기 집처럼 마음 놓고 들락거리고 있었다. 수녀원 앞의 골목길을 지나던 내게 성모님의 메달을 하나 달라고 구걸하던 중년 남자에게 묵주 반지를 하나 주었더니 너무 기뻐 어쩔 줄 모르며 다른 사람들에게도 자랑하는 것이었다. 비굴함과 원망이 섞인 표정보다는 부드러운 미소와 평온함을 지니고 있던 그 골목길의 가난한 이들도 잊을 수 없다.

"도심지 한복판에 자리하고 있어서 온종일 울어 대는 까마귀 소리, 자동차 소리 등 온갖 소음과 공해 속에서 일, 명상, 기도를 조화시키는 것이 어렵지 않느냐?"는 나의 물음에 마더 데레사는 "워낙 오래전부터 습관이 되어 괜찮다."고 대답하셨다.

거리의 소음과 가난한 이들의 울부짖음을 그대로 끌어안고 그 집에서 살아가는 사랑의 선교회 수녀들은 이른 아침의 공동 빨래로 미사와 아침식사 후의 첫 일과를 시작하고 있었다.

재활원의 나환자들이 일 년에 6천 벌을 짜서 공급한다는 사랑의 선교 수녀회 회원들의 사리, 각기 두 벌씩 갖고 있다는 수도복인 하얀 사리를 우물물을 길어 열심히 빨고 있는 수녀와 수련자들 옆에서 나도 함께 빨래를 헹구며, 그리스도 안에서의 자유와 기쁨을 노래하는 듯한 그들의 맨발을 유심히 보았다.

빨래터에서 나오다 객실에 들어가니 그곳엔 '그리스도는 이 집의 머리이시며 식사 때마다 우리의 모든 대화를 조용히 듣고 계시는 보이지 않는 손님입니다.'라는 글귀가 적혀 있었다.

마더 데레사는 사랑과 선물의 집, 평화의 집, 희망의 집 등등 수녀들의 일터마다 이름을 지어 주고, 수녀들에게 필요한 기도문이나 지침, 의미 있는 경구들을 만들어 곳곳에 걸어 두었다. 어린이집 현관에는 '우리도 하느님을 위해 무언가 아름다운 일

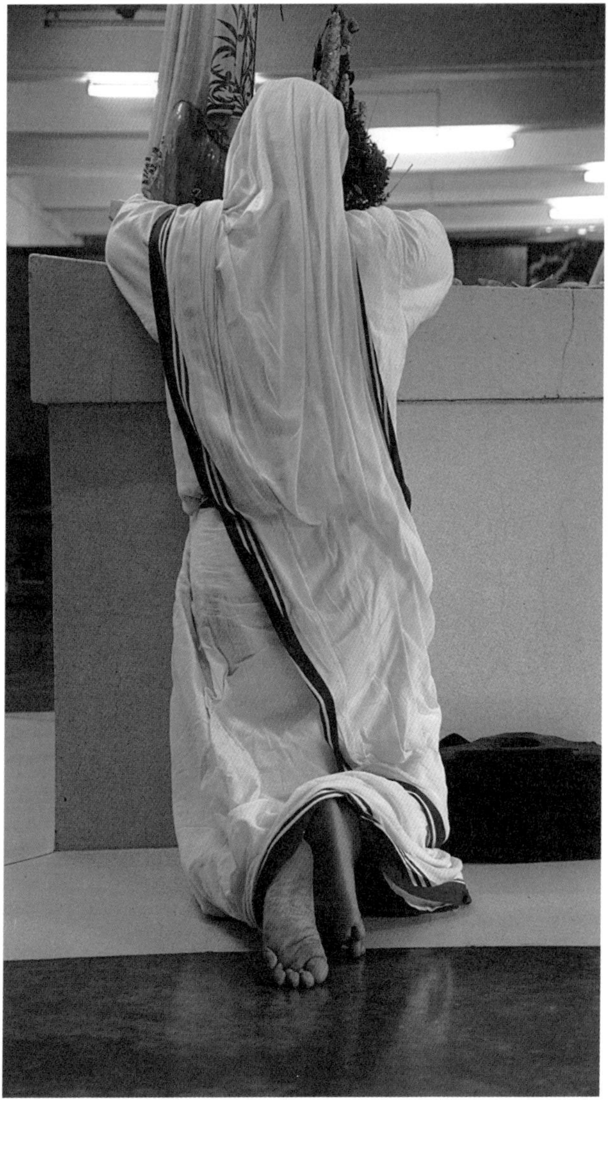

ⓒ 양현모

을 해 봅시다.'라고 적혀 있었고, 우리가 받은 조그마한 명함 크기의 종이에는 '침묵의 열매는 기도, 기도의 열매는 사랑, 사랑의 열매는 봉사, 봉사의 열매는 평화'라고 적혀 있었다.

기쁨, 선물, 아름다움, 기도 등의 단어는 그가 무척 즐겨 쓰는 말인 것 같았다. 어린이집 외에도 양로원, 감화원, 나환자 재활원, 죽음을 기다리는 집 등을 둘러보았다. 어디에나 세계 각 곳에서 온 진지하고 성실한 모습의 자원봉사자들이 있었으며, 어디에나 마더 데레사와 똑같은 푸른 줄무늬의 사리를 입고 사랑을 실천하는 작은 마더 데레사들이 있었다.

특히 '임종자의 집'에 들어가서 책임자인 돌로로사 수녀의 친절한 안내를 받으며 왔다 갔다 할 때는 누워 있는 환자와 봉사자들에게 방해가 되는 것 같아 미안했고, 좋은 목적으로라도 사진을 찍는 것 자체가 송구스러워서 가뜩이나 아픈 마음에 몸까지 아프려고 했다.

이 집은 마더 데레사가 1950년대에 제일 먼저 시작한 자비의 일터여서 더욱 인상 깊었으며, 그가 쓰던 낡은 책상 위엔 지금까지 다녀간 64,530명의, 더러는 죽고 더러는 살아 나간 사람들의 이름들이 적혀 있는 두꺼운 노트 두 권이 슬픔의 무게로 놓여 있었다.

이름과 언어도 잃어버리고 표정 없이 앉아 있다가도 누군가 다가가 손 잡아주면 봇물 터지듯이 눈물 흘리며 고마워하고 알

아듣지 못하는 방언으로 무슨 말이든 하려고 애쓰는 간절한 눈빛의 사람들. 그곳을 생각하면 지금도 가슴이 아려 온다.

힌두인은 힌두교 관습대로, 회교인은 회교도 관습대로, 그리스도인은 그리스도교 관습대로 장례를 치러 준다는 안내자의 설명을 듣고, 어쩌면 그들은 그래서 더욱 편안하게 눈 감을 수도 있겠다는 생각이 들었다.

문득 하얀 홑이불에 감겨 있는 어떤 외로운 주검 하나가 발길을 멈추게 했다. '나는 거리에서 짐승처럼 살아왔으나 이곳에 와서 천사처럼 죽어갑니다.'라고 그 또한 고백할 수 있으리라.

자신은 성녀가 아니고 다만 그리스도의 사랑을 실천하는 사람일 뿐이라고 말하는 마더 데레사. 스스로를 '가난한 이의 대표'라고 말하며 당신을 만나고 싶으면 가난한 이들을 찾아가 그들에게 봉사하면 된다고 권하시는 마더 데레사.

그의 부드럽고 강인한 눈빛은 오늘도 우리 모두에게 안일한 삶의 태도와 이기적인 욕심을 버리고 이웃을 위한 사랑에 투신해야 한다고 조용히 재촉하는 것만 같다.

속도,
그 수레바퀴 밑에서

—

나희덕

그렇게 모든 것을
다 내려놓고
앉아 있어 보는 게
대체 얼마 만인지…….
나를 따라온 모든 속도가
그 그늘 아래서
숨을 멈추고,
오랫동안 잊었던
또 하나의 내가 비로소
숨 쉬기 시작하는
느낌이었다.

닳아빠진 타이어처럼

힌두의 신 크리슈나의 신상(神像)을 실은 수레에 깔려 죽으면 극락으로 환생한다는 믿음 때문에 많은 사람들이 그 수레바퀴 아래 몸을 던졌다고 한다. 다음 생의 행복을 위해 이생의 모든 걸 던져 버리는 믿음, 구원에 대한 이런 맹목성이 없었다면 아마 인도도 힌두교도 유지되기는 어려웠을 것이다. 그러나 얼핏 무지에 가까워 보이는 그들의 종교심 속에는 생명의 끝없는 순환과 우주 질서에 대한 깊은 신뢰가 자리 잡고 있다. 죽음을 삶의 끝이자 또 다른 삶으로의 출발로 이해하는 그들의 시간관 속에서는 삶과 죽음의 경계 자체가 그리 중요하지 않은 듯하다.

오히려 합리성에 기초해 살아가는 듯한 오늘 우리에게 죽음은 공포 그 이상으로 받아들여지고 있다. 문명의 밝은 등불 아래서도 어둠에 대한 공포가 더욱 깊어져 가는 것을 어떻게 설명해야 할까. 문명(文明)은 진정한 등명(燈明)이 아니었던가 보다. 현대의 물질문명이야말로 크리슈나의 수레바퀴와는 비교도 안 될 만큼 거대한 수레바퀴로서 인간 위에 군림하고 있다는 걸, 그리고 우리가 누리게 된 어느 정도의 안락함이나 부유함이란 실은 그 수레바퀴에 수많은 제물을 내준 결과라는 걸 잊은 채 하루하루 그 바퀴의 속도에 끌려 다니며 살고 있는 것은 아닌지.

내가 인도에 갔던 것도 그 견딜 수 없는 속도감 때문이었다. 문명의 수레바퀴에 맞물려 살아가는 일상은 극도의 속도감과 극도의 정체감을 동시에 느끼게 한다. 꾸역꾸역 설익은 언어를 토해 내게 만드는 원고 청탁들, 날마다 더 큰 그릇에 차려져 나오는 정보의 성찬, 한 달을 주기로 먹고살아야 하는 버거움, 문명의 이기들이 휘두르는 폭력성…… 그 속에서, 어느 날 닳아 빠진 타이어처럼, 이대로는 더 이상 굴러갈 수 없다는 무력감이 나를 엄습했다. '지금 여기만 아니라면 살 것 같다'는 생각은 바로 바퀴로부터 이탈해 버리고 싶은 욕구의 다른 표현이기도 하다. 바퀴를 벗어나려는 절박한 욕구가 바퀴에 몸을 던지는 힌두인의 신앙보다도 맹목적일 수 있다는 것을 깨달았을 때 이미 나는 인도라는 낯선 땅에 와 있었다.

그렇다고 내가 평소에 인도라는 나라를 신비화시켜 동경해 왔다거나 인도 철학이나 불교에 관심이 많은 것은 아니었다. 심신의 휴식이나 어떤 궁극적인 해답을 구하기 위해서는 더욱 아니었다. 다만 우리와는 아주 다른 질서 속에 살고 있는 사람들을 만나고 싶었고, 그 혼란 속에 나를 잠시라도 데려가고 싶었을 뿐이다. 그렇게 해서라도 나를 끌고 가는 속도감에 단층을 만들어 보고 싶었고, 문명의 일방적인 질주에 대항하는 또 하나의 속도를 몸으로 직접 느껴 보고 싶었다.

그러나 인도행 비행기를 타는 순간 나는 발견했다. 그만큼의 공간적 자유를 위해 자동차보다 더 빠른 비행기에 몸을 싣고 있는 나 자신을. 벗어나려고 해도 벗어날 수 없는 포충망 속의 나비처럼 끝없이 어딘가로 실려 가야 한다는 것을.

아무리 명분을 붙여서 '생산적 떠남'이라고 미화한다 해도 어차피 인도에서의 열흘은 '관광'일 수밖에 없었다. 그런 내 모습은 자연을 즐기기 위해 주말이면 고속도로를 가득 메우는 군상들과 다를 것이 없었다. 현대인이 자연을 찾아가기 위해서는 자연을 강제하고 파괴해서 만든 고속도로 위를 자동차 매연을 내뿜으면서 달려가야 하는 것처럼, 인도에 가기 위해서는 비행기를 타지 않으면 안 된다는 사실에 우리 시대의 모순이 존재한다는 생각이 들기도 했다.

올드델리와 뉴델리, 그 까마득한 거리

'서두르고 있는 인도(India in a hurry)'라는 제목의 포스터 한 장.

레일 위로 의자가 달린 수레 하나가 붉은 깃발을 꽂고 달리고 있다. 의자 위에는 흰 셔츠를 입은 뚱뚱한 신사가 타고 있고, 붉은 터번을 두른 일꾼 셋이 뒤에서 수레를 밀고 있는 모습이다. 구경하러 나온 아이 둘이 그 앞으로 뛰어가고 있고, 빈약한 철로 뒤로는 멀리 흰 대리석으로 지은 오래된 사원이 어렴풋하게 보인다.

서둘러 근대화와 개방화를 추진하는 인도 경제를 묘사한 이 사진 속에는 현재 인도가 안고 있는 많은 문제들이 함축되어 있는 듯하다. 계층의 불평등, 지역적인 불균형, 세대 간의 장벽, 종교공동체주의와 세속주의 간의 갈등, 이런 문제들을 안은 채 인도라는 수레는 세 개의 외바퀴로 좁은 레일 위를 달려가고 있다. 서둘러 갈수록 외바퀴로 된 수레는 위태로워 보인다.

그 근대화의 수레가 어디를 향해 가고 있는지, 그리 밝지 않은 표정으로 앞을 바라보는 신사의 눈에는 무엇이 비치는지, 나로서는 알 수가 없다. 다만 내 눈에 비친 인도의 도시들은 근대화에 그리 성공하지 못했다는 생각을 갖게 했다.

“인도라는 나라가 근대화에 언제나 실패하는 것은, 그들 머리 위의 거대한 열구(熱球)의 주장을, 그리고 그 분자인 지상의 뜨거움, 그 저마다의 꿈틀거림 혹은 생명의 주장을 법으로 규제할 수 없다는 점에 있다. 더욱이 이 나라에서는, 그 뜨거움이 곧 법으로 바뀌고 있다. 그것이 종교일 것이다.”

후지와라 신야의 이 말은, 법에 의해 관리될 수 없을 만큼 강렬한 생명적 근원이 인도에는 아직 살아 숨 쉬고 있다는 뜻일 것이다. 좀 더 비약해서 말하자면 인도의 근대화 실패야말로 인도의 가능성일 수도 있다는 것이다.

그러나 그렇게만 이해하기엔 델리나 뭄바이 같은 대도시에서 느낀 착잡함이 너무나 컸다. 그곳엔 하나의 눈으로 보아 내고 하나의 머리로 이해하기에는 너무도 다른 세계가 공존하고 있었기 때문이다. 사람과 짐승, 부자와 거지, 삶과 죽음, 종교와 미신, 이 모든 게 먼지와 소음 속에 온통 뒤섞여 있었다. 먹고살기 위해 농촌에서 도시로 몰려든 사람들은 그 뜨거운 도가니 속에서 부랑인이나 거지, 릭샤꾼, 막벌이꾼이 되어 살아가고 있었다. 내가 느끼기에 그 뜨거운 도가니는 비참함 그 자체였다.

특히 옛 수도였던 올드델리에는 천막이나 토굴, 심지어는 길에서 먹고 자는 사람들이 헤아릴 수도 없이 많았다. 도시인의 25퍼센트 이상이 그런 슬럼가에 살고 있다고 한다. 도시 중심의 근대화 과정은 이렇게 농촌의 피폐함과 도시의 비참함을 동시에 가져왔다. 도시와 농촌이라는 양쪽 바퀴가 함께 굴러가는 게 아니라, 몇몇 대도시들만의 외바퀴에 의지해서 근대화를 추진해 온 결과라 하겠다.

방사선 모양으로 뻗은 현대 도시 뉴델리와 그 곁에 슬럼가로 변해 가는 올드델리, 공존하고 있는 그 두 도시의 거리는 적어

SUNEJA
CARDS

도 50년 이상은 되어 보였다. 그 까마득한 거리가 시사하는 것처럼 인도의 문제는 절대 빈곤이 아니라 부의 불평등한 분배 구조에 있는 게 아닐까 싶었다.

교통 정책의 실패 또한 인도 도시의 문제점 중의 하나다. 도로 사정이 워낙 좋지 않은 데다가 차와 각종 릭샤와 가축 등 각기 다른 속도의 교통수단들이 뒤섞여 달리고 있어서 정신을 차릴 수 없이 복잡했다. 그리고 도심을 제외한 대부분의 도로에는 중앙선이 없었다. 신호등이 없는 곳도 너무 많았다. 그래서인지 차들의 성능이 시속 60km를 넘지 못하는데도 이상하게 우리나라에서 차를 탈 때보다 훨씬 위험하게 느껴졌다. 그러나 그런 염려와는 달리 그곳에 있는 동안 나는 교통사고를 단 한 번도 보지 못했다. 하루에 한두 번은 교통사고를 목격하는 것이 서울에서는 상례인데 말이다.

중앙선이 없다는 것, 그로 인한 위험의 자각은 어쩌면 은폐된 위험에 비해 덜 위험한 것일지도 모른다. 문명적으로 덜 진보된 인도의 교통 상황은 불편하기는 해도 아직은 자각 가능한 위험 상태에 머물러 있는 듯하다. 오히려 위험이 효율적으로 관리되고 통제되면서 확대 재생산되고 있는 우리의 안전함이 더 문제가 아닐까 하는 의구심이 들었다. 또렷하게 그려진 중앙선과 차선, 도로교통법, 신호등, 우리가 믿고 있는 그 안전장치들이 위험에 대한 우리의 자각을 둔화시키며 무한속도를 부추기고 있는지도 모른다.

울리히 벡은 현대의 위험이 이미 인간이 평상시에 지각으로 파악할 수 있는 범위를 완전히 넘어서 있다고 진단했다. 멀리 체르노빌의 참사를 들지 않더라도 우리는 지난 몇 년 사이에 나라 안팎에서 일어난 대형 참사들의 기억을 지울 수가 없다. 자연의 우연적인 재앙과는 달리 그것들은 현대문명 자체가 이미 위험을 잉태하고 있다는 점에서 필연적인 재앙이라고 할 수밖에 없다.

그러기에 현대의 삶은 벡의 표현처럼 "문명의 화산 위에서" 살아가는 것이다. 크리슈나의 신상 대신 '위험'을 싣고 달리는 문명의 수레바퀴 아래서 살아가고 있는 것이다.

한 나무 그늘 아래서

도시와 도시 사이, 농촌은 마치 지옥과 지옥 사이의 천국처럼 가로놓여 있었다. 2월의 인도 농촌은 아름다웠다. 노오란 싸리소우(유채꽃 종류)가 끝도 없이 펼쳐져 있어 들판이 온통 환했다. 그리고 길을 따라 수백 년 된 아름드리나무들이 줄지어 서 있는 모습은 도시에서 느낀 착잡함을 잊게 하고도 남았다.

인도의 희망은 농촌에 있다고 한 간디의 말이 생각났다. 간디가 희망을 발견했던 건 아름다운 자연 자체보다는 거기에 깃들여 살며 그것을 가꾸는 민중들의 삶에서였을 것이다. 그러나

70만 개나 된다는 인도의 마을들은 이미 평화롭고 풍요한 삶의 터전만은 아닌 듯했다. 멀리서 나그네의 눈으로 보면 천국처럼 보이지만, 가까이 들여다보면 도시인보다도 고달픈 농민들의 삶이 하루하루 이어지고 있을 것이다.

나는 차에서 내려 그 길을 걷기 시작했다. 먼지가 보얗게 쌓인 신발도 양말도 다 벗어던졌다. 나무들 사이로, 들판으로 맨발로 걸어가면서 나는 비로소 인도의 가슴속으로 걸어 들어온 것 같은 느낌이 들었다. 인도가 척박한 땅이라고는 하지만 흙이 주는 근본적인 감촉은 어느 나라나 마찬가지다. 그리고 거기에 발을 대고 살아가는 사람들의 삶은 가난하기는 하지만 비참하지는 않다는 생각도 들었다. 순박한 농촌 사람들의 눈빛이 그걸 말해 주고 있었다.

그중에서도 한 소년의 눈빛은 지금도 잊히지 않는다. 내가 만난 인도를 하나의 점으로 압축하자면 바로 그 눈동자일 것이다. 진흙 속에서 놀고 있는 아이들 곁으로 다가갔을 때, 호기심과 반가움이 어린 얼굴로 아이들은 나를 바라보았다. 집에서 기르는 소나 양과 다를 바가 없을 정도로 온통 먼지투성이에다 옷도 남루하기 짝이 없었지만, 그 천진한 눈동자들은 기이할 만큼 자연의 일부가 되어 빛나고 있었다.

아이들 중 한 소년이 다가와서 손에 쥐고 있던 들꽃다발을 내게 내밀었다. 나는 그 꽃을 받아들지 못하고 망설였다. 왠지 내 손에 들리는 순간 그 꽃이 시들어버릴 것 같았기 때문이다. 꽃을 받아드는 대신 나는 그 아이를 품에 안고서 그 얼굴을 한참 동안 바라보았다.

그러다가 문득 도시에서 본 또 한 소년의 눈빛이 떠올랐다. 델리에서 자전거 릭샤를 탄 적이 있는데, 릭샤를 끄는 소년은 열 살이나 겨우 넘었을까 싶을 정도였다. 페달을 밟을 때마다 구릿빛의 비쩍 마른 다리의 그 힘겨운 움직임을 바로 뒤에 앉아 바라본다는 일은 이상한 고통을 느끼게 했다. '저 어린 근육의 고통을 내가 몇 십 루피에 샀다는 말인가. 그나마 릭샤 주인이 소년에게 건네는 돈은 1~2루피에 불과할 텐데…….' 결국 나는 목적지에 도착하기도 전에 그 릭샤에서 내리고 말았지만, 돈을 받아들던 그 소년의 눈빛은 내내 나를 따라다녔다.

꽃을 든 농촌 아이를 보면서 소년 릭샤꾼 생각이 난 것은 우연이 아닐 것이다. 들꽃을 들었던 손에 릭샤 핸들을 쥐고 십 루피짜리를 세면서 살아야 할 날이 그 아이의 앞에도 기다리고 있을지 모르기 때문이다. 그 아이뿐 아니라 수많은 인도 소년들의 미래가 그런 날들을 향해 흐르고 있을 생각을 하니 마음이 막막해져 왔다. 그날이 오면 아이의 눈빛도 손에 든 들꽃도 시들고 말 테니까.

저녁 무렵 나는 한 나무 그늘 아래 오래오래 앉아 있었다. 유채밭 사이로 언뜻언뜻 보이는 농부들 말고는 모든 게 정지된 듯

한 느낌이었다. 그렇게 모든 것을 다 내려놓고 앉아 있어 보는 게 대체 얼마 만인지……. 나를 따라온 모든 속도가 그 그늘 아래서 숨을 멈추고, 오랫동안 잊었던 또 하나의 내가 비로소 숨쉬기 시작하는 느낌이었다. 마치 내가 기대어 앉은 나무의 나이테가 처음 생겨나기 시작했을 때부터 거기 그렇게 앉아 있었던 것만 같았다.

지상의 모든 걸 녹여 버릴 것 같던 뜨거움도 그 그늘 아래에선 천천히 식혀지고 있었다. "나무는 뜨거운 햇볕을 받지만 우리에게 서늘한 그늘을 준다. 우리는 무엇을 하는가?" 나무 그늘 아래 쉬고 있는 나에게 간디의 목소리가 들려왔다. 우리는 무엇을 하는가. 나는 무엇을 하는가……. 나는 몇 번이나 그 말을 나직하게 되뇌어 보았지만, 아무 대답도 할 수 없었다.

내 한몸 쉴 그늘을 찾아다니며 살아왔을 뿐 스스로 누군가의 그늘이 되어 주지 못한 내 모습이 거기서는 잘 보였다. 그동안 어디에도 존재하지 않았던 것 같은 느낌이 드는 것은 이리저리 그늘만 찾아다녔을 뿐 제 뿌리와 그늘을 갖지 못해서라는 걸 뒤늦게야 깨닫게 된다.

가난한 사람들이 가장 힘들어하는 것은

물질의 빈곤이 아니라 사랑의 궁핍입니다.

자기를 좋아하는 사람도 필요로 하는 사람도 없다고 느낄 때

오는 고독감은 가난 중의 가난입니다.

우리는 위대한 일을 할 수 없습니다.

우리는 다만 위대한 사랑으로

작은 일을 할 수 있을 뿐입니다.

_마더 테레사

© 양현모

고독한 원시의 시간,
라다크

—

이재훈

그곳에서 우리는
각자 물과 바람과 시간을
오랫동안 응시했다.
그 시간이 무엇을 주었는지는
아직도 모른다.
하지만 오래도록 그 시간을
잊지는 못할 것이다.

모르는 시간

풍경은 시간을 앞선다. 늘 그런 것은 아니지만 풍경은 이전의 기억을 지워 버린다. 마치 구름처럼 하늘과 지상의 일을 슬쩍 가리고 무감하게 한다. 내게는 라다크로 가는 하늘 위가 그랬다.

값싼 여행을 할 수 있는 쉬운 방법은 비행기를 갈아타는 것이다. 우리는 배고픈 여행객들이었다. 서울에서 홍콩으로, 홍콩에서 델리로, 델리에서 다시 라다크의 주도인 레(Leh)로 이동하는 경로였다. 하지만 델리에서 이미 지쳐 있었다. 비행기를 타는 시간만큼 환승 시간도 길었다. 인천공항에서부터 꼬박 하루를 견뎠다. 델리에서 라다크로 가는 비행기를 탄 시간은 다음날 아침이 밝기 전이었다.

라다크로 가는 하늘 위에서 여명이 밝아 왔다. 피곤에 지쳐 눈꺼풀이 반쯤 감겨 있을 때였다. 그날의 첫 햇살이 눈가를 살살 간질였다. 눈을 뜨니 저 멀리 구름에 살짝 걸린 햇귀가 보였다. "죽인다." 그 말밖에는 할 수 없는 일출 장면이었다. 노랗게 익은 햇살이었다. 햇살 아래로 양털 구름이 양탄자처럼 깔려 있었다. 하늘과 구름이 풍경의 전부였다. 그러다 이내 강렬한 빛이 창 안으로 쏘아들었다. 창밖을 볼 수 없을 만큼 강한 빛이었다. 온 얼굴이 아침 햇살로 뜨끈했다. 기내식 커피를 한 잔 하고 나니 햇살은 수그러들었다. 구름과 파란 하늘만이 모든 풍경을 감쌌다. 햇살은 어느새 저 하늘 깊은 곳으로 숨어들었다. 아침이 찬란하게 푸르렀다. 도시에서 보았던 수직과 직선의 완고함이 이 높은 하늘에서는 무력했다. 선이 아닌 면으로 뒤덮인 구름과 하늘만이 가득할 뿐이다.

그러다 비행기가 낮게 깔리며 내려갔다. 산맥이 나타났다. 눈을 이고 있는 산봉우리가 서로를 맞잡고 있었다. 저 밑이 바로 히말라야다. 낮게 비행하며 바라보는 산맥은 장관이었다. 크고 작은 봉우리들이 키를 재듯 머리를 내밀었다. 산맥이 만들어 내는 그림자는 다른 산맥의 몸에 길게 드리워졌다. 그런 그림자들은 서로의 산맥에 검은 덧칠을 하며 묘한 명암을 만들어 냈다. 힘차면서 부드럽게 감싸는 그림자가 긴장하듯 햇살의 몸에 담겨 있었다. 원시의 경이가 있다면 이런 순간일 것이다. 그때는 몰랐다. 우리가 저 밑의 산맥을 달리고 휘돌아가면서 울렁울렁 했다는 것을. 저 원시의 시간들. 내가 모르는 시간들 앞에 설 생각에 마음이 달떴다. 자꾸만 숨이 가빠 왔다.

오래된 사원

라다크에서 가장 먼저 둘러본 곳은 레 근처에 있는 사원들이었다. 헤미스(Hemis), 틱세(Thiksey), 쉐이(Shey), 스톡(Stock) 사원들을 차례대로 둘러보았다. 라다크는 티베트 불교를 믿는 이들이 대부분이다. 인도의 힌두인들과 다르게 라다크는 대부분 불교인들이다. 라다크의 곰파들은 모두 몇 천 년 전의 건물처럼 오래돼 보였다. 돌을 쌓고 진흙을 비비고 발라 만든 사원들은 히말라야의 고원에서도 몇 백 년을 견뎠다. 대부분의 곰파는 그 지역의 가장 높은 곳에 세워졌다. 그렇기에 곰파에 가기 위해서는 늘 올라야 한다. 마치 하늘 위로 오르는 것처럼. 모든 계단과 길들이 하늘로 이어지는 것 같았다. 사원의 곳곳에는 낮잠을 자는 개들이 유독 많았다. 이곳에서 개는 아무도 소유하려 하지 않는 가장 미천한 동물이라는 말을 전해 들었다. 향불을 피우고 식사를 준비하는 어린 스님들의 모습은 진지하면서도 천진했다.

석양이 지는 어스름. 사원으로 전해지는 사양(斜陽)은 저절로 고개를 숙이게 만든다. 저물어 간다는 것은 쓸쓸하거나 때론 아름다운 일인데, 이곳에서는 성스러운 일처럼 느껴졌다. 저물어 가는 사양은 대지와 숲이 아니어도 근원을 향할 수 있었다. 사원으로 오르느라 지친 얼굴에 저문 햇살의 감촉이 다가왔다. 서서히 누그러지고 넘어져 가는 석양을 마음에 담느라 일행들은 모두 저마다의 시간 속에 홀로 서 있었다. 햇살이 수직에서 사선으로 제 몸을 허물다가 스스로 스러지는 일. 매일 가장 꼭대기에서부터 가장 아래로의 소멸을 겪는 일. 우리는 스러질 때에야 비로소 평온해진다. 스러지고 소멸될 즈음에야 평온해진 자신의 얼굴을 발견할 수 있다. 실로 오랜만에 저물어 가는 일의 감동과 흐뭇함을 천천히 음미했다. 이곳에서의 모든 소멸에게 온 맘으로 경이를 보내고 싶었다.

나는 어쩌면 몇 천 년 전의 사람들과 만나고 온 것인지도 모른다. 먼 기억을 소환하는 공간에 열흘 동안 있다 온 셈이다. 작은 도랑물 소리. 바람이 발바닥을 간질이는 나긋함. 마당을 쓰는 빗질 소리. 멀리서 들리는 야크의 울음. 옆 호텔에서 두런거리는 이방의 방언들. 나는 먼 기억으로부터 왔다. 저 우주의 행성에서 지구의 어느 땅을 밟는다면 가장 먼저 이곳을 밟으리라.

느림

레에 도착해 우리는 숙소에서 하루를 온전히 쉬었다. 아무것도 하지 않고 누워 있거나 소요했다. 고산증 때문이다. 어지러

웠고 메스꺼웠고 숨을 쉬기조차 힘들었다. 그렇기에 느릴 수밖에 없다. 방심하여 조금이라도 뛰면 곧바로 머리가 아프고 뒷목이 당기고 어지럽고 숨이 가빴다. 느리게 걷고 느리게 말하고 느리게 움직이기. 그것이 라다크에 적응하는 첫 번째 일이다. 세수를 할 때도 느릿하게 얼굴 한 번 문지르고 숨 한 번 쉬어야 한다. 몸을 씻을 때도 느릿하게 물 한 번 끼얹고 숨 한 번 크게 쉬고 비누칠 한 번 하고 숨 한 번 쉬어야 한다. 말도 천천히, 걷는 것도 천천히, 계단을 오르는 것도 천천히. 천천히 한다는 일이 얼마나 어려운 일인지 온몸으로 느꼈다. 마치 슬로비디오를 찍는 것처럼. 생각해 보면 내 말과 움직임이 그동안 얼마나 빨랐던 것일까. 빠르게 움직이는 몸의 감각들을 느린 감각으로 되돌려놓기. 그 느림의 시간들이 다른 생각을 하게 만들었다. 라다크에서는 이렇게 오래도록 생각할 수 있는 몸을 저절로 만들게 된다. 밤에는 옥상에 올라 오래도록 밤하늘을 바라보았다.

최초의 시간

판공초(Pangong Tso)는 해발 4,350미터에 위치한 가장 높은 소금 호수이다. 판공초는 마법의 호수라는 뜻이다. 이 높은 곳에 염호가 있다는 사실이 믿기지 않는다. 판공초는 빙하기 시대 대륙의 판들이 솟아오르고 히말라야가 융기하면서 바닷물이 높은 곳에 고여 그대로 호수가 되었다. 소금 호수이기 때문에 이곳에는 갈매기가 날아다닌다. 판공초는 인도와 티베트에 걸쳐져 130km나 뻗어 있는 어마하게 큰 호수다. 우리가 본 곳은 그 일부분일 뿐이다. 세계적으로 유명한 인도 영화 〈세 얼간이〉의 끝부분에 판공초가 배경이 되기도 한다. 보통은 기대를 많이 하면 실망을 하기 마련인데, 판공초는 기대 이상이었다.

레에서 판공초로 가기 위해서는 세상에서 세 번째로 높은 고개 창 라(Chang La)를 넘어야 한다. 창 라는 5,360미터다. 레에서 점심 도시락을 싸들고 온종일 히말라야의 가장 높은 곳을 넘고 북쪽으로 달려야 닿는 곳이 판공초다. 계곡으로 흘러내리는 물은 얼음처럼 차갑고 공기는 더욱 희박해져 갔다. 빙하가 흘러내리는 물에 잠시 발을 담그고 저 먼 시간의 흔적을 생각하기도 했다.

판공초의 끝 언저리에 닿자 긴장했던 모든 마음이 허물어지고 에메랄드빛 호수의 색깔에 눈이 멀어버렸다. 그저 마음을 풀어 놓고 누워 있고 싶었다. 저 호수 가까이에 가서 바람을 맘껏 쐬고 싶었다. 멍하니 넋 놓고 한참 앉아 보고 싶은 곳. 내게는 그러한 장소가 또 하나 생긴 것이다.

원하는 마음이 아무것도 들지 않는 곳이었다. 혹시라도 소리 지르면 죄를 짓는 것 같은 곳이었다. 그립다는 말이 소용없는 곳이었으며 자꾸만 침묵 속으로 잦아들어 가는 곳이었다. 나도 모르게 원시의 기억을 하나씩 헤집는 곳이었다. 그곳에서 우리

는 각자 물과 바람과 시간을 오랫동안 응시했다. 그 시간이 무엇을 주었는지는 아직도 모른다. 하지만 오래도록 그 시간을 잊지는 못할 것이다.

어둠이 깔리자 추위가 몰려들었다. 해발 4천 미터가 넘는 곳의 호수 바람은 매서운 겨울바람보다 더 사나웠다. 8월의 여름이었지만 판공초의 밤은 겨울이었다. 준비해 간 겨울 점퍼를 입고 달을 보았고, 장작불을 피웠다. 이전의 기억은 자꾸만 스러져 갔고 추위는 점점 더 몰려왔다. 어쩌면 이곳에서 만나 함께 불을 쬐고 있는 록산과 우리는 몇 천 년 전 이곳에서 만났을지도 모른다.

동지들

생각하면 열흘 동안 많은 사람들을 만났다. 먼저 동행했던 여행 동지들. 어쩌다 저쩌다 이러다 저러다 만나게 되었다. 세상에 계획된 일은 늘 계획과는 무관하게 흘러가게 되며 우연한 인연이 동지가 되기도 하는 법이다. 세상에 천재 시인은 많지만 그중 천재 시인이자 여행 전문 작가인 김선생. 혼자 떠나는 여행의 달인이며 외국인들의 이성적 로망인 신시인. 늘 감동할 줄 아는 화가이자 시적 감성이 넘쳐흐르는 송작가. 인도에서 정치외교학을 전공하는 대학생, 믿기지 않았지만 이십대 꽃청춘이었던 현지 라다키 가이드 록산. 이들은 모두 지극했다. 김선생은 피곤에 쩐 몸을 일으켜 매일 짜이를 타 주며 일행의 정신적 위로자가 되어 주었다. 신시인은 말할 줄 모르는 동지를 위해 통역을 도맡아 하며 혼자만의 시간을 할애했다. 신시인이 없었다면 우리는 여행 고아가 됐을지도 모른다. 송작가는 우리에게 꾸밈없는 웃음을 주었다. 순간순간 많이도 웃었다. 송작가는 카메라 없이 여행지를 모두 그림으로 담는 예술혼을 보여 주었다. 록산은 잘생기고 건실하고 순수한 청년이었다. 록산의 희망은 한국을 여행하는 것이라 했다. 꼭 그의 바람이 이루어지길 기도한다. 그리고 여행지에서 나의 별칭은 '동바'였다. 동네 바보라는 뜻이다. 아무것도 모르면서 실실 웃으며 때론 투정도 하며 따라다니는 동바로 살았다.

라다크에서 만났던 많은 사람들. 라다키인들과 인도인들과 때때로 만난 서양인들. 곰파에서 만나 우리를 거처로까지 초대했던 노스님과 어린 승려들. 누브라 계곡의 훈더르, 투르툭 마을에서 만난 사람들. 나는 그 사람들에 대해 어떻다고 말할 처지는 아니다. 잠시 여행지에서 스쳤을 뿐이기 때문이다. 그들과 함께 살지 못했기 때문이다. 잠시 스친 인연이지만 그들의 웃음과 표정과 냄새와 그 배경은 오래 기억될 것이다.

오래된 기억

니체는 알프스산맥 깊숙이 있는 호숫가에서 영겁회귀의 사상을 떠올렸다고 한다. 그때 쓴 문장은 한 줄이었다. "사람과 시간의 저쪽 6천 피트". 이 한 줄의 문장이 영원회귀의 철학을 낳았던 것이다. 시간은 어떤 풍경과 만나 철학으로 남고, 때로는 한 편의 시로 남는다.

모든 기억은 허전함만을 남긴다. 라다크에서의 열흘도 마찬가지다. 다만 그 기억이 어떤 형상으로 남을까. 지금 여기에서 보면 그 형상이 다소 비현실적인 환상과도 같을지 모른다. 하지만 그 순간들의 진실은 고이 박제될 것이다. 나는 어떤 한 줄의 문장을 쓰고 왔을까. 어떤 한 편의 시를 쓰고 왔을까. 아직 모르겠다. 앞으로 열흘 동안의 라다크를 좀 더 생각한 후에 단 한 줄의 문장이 나올 것이다. 좀 더 오랜 시간이 지나면 한 편의 시가 써질지도 모르겠다.

인도는 새벽에도 무덥다. 밤낮의 구별이 따로 없다.

턱수염이 많은 라인이란 청년인데 조그만 과일 가게를 운영하고 있다. 총채 같은 걸 들고 구석구석 먼지를 털고 진열된 온갖 열대 과일들을 헝겊으로 부산하게 씻고 있었다.

난 일찍 일어나 부지런히 일을 하니 꼭 부자가 될 거라고 했다. 그러자 그가 말했다.

"전 손님들에게 싱싱한 과일을 팔기 위해 일찍 문을 열었을 뿐입니다"

_함명춘, 「인도에서 주운 깨달음」 중에서

바람의 계곡
라다크 투르툭에서의 이틀

—

이재훈

투르툭 마을 사람들은
여전히 그들 삶의
속도대로 산다.
그렇게 오래오래
그들의 속도대로
천천히 소요하며
살아갔으면 좋겠다.
쏟아질 듯한 별을 보며
누워 있던 투르툭의 밤이
아련하게 그립다.

인도의 라다크는 내게 늘 관념 속에서만 머물렀던 정신적 공간이었다. 헬레나가 『오래된 미래』를 통해 소개한 공동체 낙원 라다크. 문명이 서서히 들어와 변질되어 가는 히말라야 고원의 라다크. 하지만 라다크의 실체는 사회학자들이 얘기했던 현상을 느낄 수 없을 만큼 태고의 원시 모습을 그대로 간직하고 있었다.

그곳에서의 열흘 동안 나는 태초의 신비를 탐했다. 숨 쉬기 힘들었고, 음식은 입에 맞지 않았으며, 전기는 자주 끊겼다. 많은 것들이 불편했지만 마음만은 평화로웠다. 내 마음에도 평화가 있다는 것을 발견한 곳이 라다크다. 이전에 경험하지 못했던 알 수 없는 평화로움이 물밀듯 밀려와서 잠깐 난감하였으나 곧 그 평화로움을 누리게 되었다.

라다크에서의 열흘 동안 가장 평화로웠던 시간은 아마도 투르툭(Turtuk) 마을에서 지냈던 이틀일 것이다. 여행의 마지막 이틀을 투르툭에서 소요하며 보냈다. 투르툭은 라다크의 주도인 레에서 10시간 정도 걸리는 마을이다. 우리 일행은 레에서 누브라 밸리로 갔고 누브라의 훈다르 마을에서 하룻밤 캠핑을 하고 투르툭 마을로 이동했다. 투르툭 마을은 파키스탄의 국경과 마주한 지역이다. 이전에는 개방이 되지 않았던 곳인데 2010년 인도 정부가 여행 제한을 풀었다고 한다. 그래서 더 신비하고 더 원초적인 곳이었을까.

투르툭으로 가는 길에서 우리는 황토물이 산처럼 굽이치는 강을 만났고, 흙과 돌로만 쌓아올려진 누런 민둥산을 끝없이 오르내렸다. 때론 작은 초원이 있는 마을을 지났고, 마을에서 밀을 수확하는 여인들과 만나기도 했다. 어딘가를 가는 길은 늘 닿는 시간보다 가는 시간이 즐겁다. 투르툭으로 가는 길에는 욕망이나 격정보다는 광막한 막막함이 더 자주 다가왔다. 그 막막함이 왠지 모르게 좋았다. 이 막막한 풍경 속에서 시간도 잊은 채 나른하게 취하고 싶었다. 늘 취하고 싶었으나 취할 수 없는 긴장의 시간을 즐긴 것이라고 말할까.

투르툭에 도착하자 이곳은 한없이 게으를 수 있고 한없이 상상할 수 있는 곳이라는 생각이 들었다. 그저 멍하니 바라보거나 멍하니 앉아 있으면 되었다. 특별한 일정이나 계획 없이 이틀을 꼬박 빈둥거리며 지냈다. 투르툭은 어렸을 적 자주 갔던 외가의 마을과 닮아 있었다. 마을로 들어가는 길에는 오래된 돌계단이 있었고 돌담이 둘러쳐 있었다. 마을 전체에 키 높이의 돌담이 있었고 돌담 사이로 작은 골목길이 구불구불 이어져 있었다. 나는 그 골목길에서 자주 서성였다.

마을의 골목길 중간중간 아주 오래된 살구나무들이 많았다. 투르툭은 살구나무의 마을이었다. 작은 도랑이 흘렀고, 햇살은 따사로웠다. 그러다 투르툭의 아이들을 만났다. 어디에서나 그렇듯이 아이들은 천진난만했고 이 세상을 다 가진 듯한 밝은 표정이었다. 아이들은 쓰러진 나무 기둥에 모여 앉아 낯선 외국인을 구경했다. 특히 아이들은 디지털 카메라에 폭발적인 관심을 보였다.

몇 백 년이 되었을지 모르는 돌담길을 따라가다 보면 마을 아이들을 위해 만든 수영장도 있다. 물을 가두어 만든 수영장에서 수십 명의 사내아이들이 벌거벗고 물놀이를 하고 있었다. 이곳은 인도의 다른 지역과 다르게 이슬람교도들이 대부분이다. 여인들은 히잡을 쓰고 다닌다. 또한 낯선 남자들에게 경계심이 강하다. 그리고 이곳 여인들은 농사일을 도맡아 한다. 보기에도 무거워 보이는 짚단을 지게에 짊어지고 다니는 여인들이 나의 눈길을 끌었다.

아 마을의 가장 높은 곳에는 아주 작은 사원이 있었다. 사원

을 올랐다. 돌담길을 지나 너른 흙길을 지나 나무들이 숨을 뿜어내는 작은 숲길을 지나 언덕으로 오르는 돌밭을 지나 마을의 꼭대기까지 올랐다. 돌계단을 오르고 올라 가쁜 숨을 몰아쉰 후 언덕의 꼭대기에 오르니 원시의 마을 풍경이 한눈에 들어왔다. 저쪽 너머의 산으로 강은 굽이치고 있었고 여러 겹의 산들이 어깨를 맞대고 있었다. 마을을 에워싸고 있는 나무들과 작은 초원은 그림처럼 아름다웠다. 언덕 위에 앉아 한참 동안 풍경에 취해 있었다. 작은 사원 안에는 명상을 하는 서양인들이 몇몇 있었다. 여행객이 아니라 구도자에 가까운 파란 눈동자의 젊은 명상가들에게서 무엇인지 모르는 자유가 느껴졌다. 자유는 자신의 외적인 모습에 신경 쓰지 않는 태도에서 풍겨 나오는 것임을 알았다. 나도 저런 삶을 바랐었는데 어쩌다 지금 이렇게 살고 있을까.

라다크는 바람의 계곡이다. 우리도 바람을 만났다. 작은 마을에 갑자기 불어 닥치는 바람에 몸이 날아갈 지경이었다. 아이들은 바람을 맞으며 바람놀이를 하고 있었다. 바람 때문에 잠시 무서웠다. 그러나 곧 평온해졌다. 도둑처럼 들이닥치는 이곳의 바람은 늘 이런 식인가 보다. 골짜기에 숨어 있는 마을은 바다의 외딴 섬처럼 존재해 있다. 하지만 이런 바람을 맞아들이는 마을이다. 투르툭은 바람을 맞아들이며 스스로 가쁜 숨을 뿜어낸다. 그러다 때론 침묵한다. 마을의 안쪽으로 더 깊이 들어가 보면 조잘조잘 수런거린다. 그 골짜기에서 들려오는 자연의 음악을 며칠 동안 한없이 들었다.

나는 게으름을 좋아한다. 게으름이 여행의 본질이라는 막연한 생각을 하기도 했다. 게으름에도 격이 있다면 이곳에서의 게으름은 그럴듯하리라는 생각이 들었다. 사색에도 쾌락이 있다면, 사색을 유희할 수 있다면 투르툭에서는 가능하리라 생각했다.

도시에서 늘 머릿속을 떠나지 않았던 허무의 관념들이 이곳에서는 한 번도 생각나지 않았다. 이 마을에서 나는 며칠만 머무른 나그네일 뿐이다. 길손이 되어 그들에게 무엇을 던져 주고 간 존재일 뿐이다. 일방적일 수밖에 없는 여행객은 그들의 모습과 풍경 속에서 많은 것을 담아 간다. 그들은 나를 통해 무얼 생각했을까. 투르툭 마을 사람들은 여전히 그들 삶의 속도대로 산다. 그렇게 오래오래 그들의 속도대로 천천히 소요하며 살아갔으면 좋겠다. 쏟아질 듯한 별을 보며 누워 있던 투르툭의 밤이 아련하게 그립다.

갠지스강에서의 이별

—

강석경

"갠지스강은 고향이니까
마지막으로
고향에 돌아온 거야.
동물도 마지막엔
사람처럼 고향을 찾아.
고향에서 죽고
고향에서 다시 태어나고,
너도 이별 인사를 해 주렴."

마침내 그날이 오자 또또는 가방에 고래밥을 넣고 엄마를 따라 나섰습니다.

밤 기차는 구불구불 어둠의 길을 달려 다음날 해 기우는 시각, 또또를 낯선 땅에 내려놓았습니다. 성스러운 도시의 헐벗은 사람들 속에. 히말라야로부터 흘러 내려온 갠지스강은 인도 사람들에겐 성스러운 강입니다. 힌두교인 모두가 죽기 전에 한 번은 오고 싶어 하는 곳이라고 합니다.

그러나 릭샤를 타고 달려온 길이 어찌나 복잡했던지 또또가 강가에 도착했을 땐 절인 배추 꼴이었습니다. 성스러운 곳이라고 해서 이발까지 하고 왔더니 거지가 발목을 잡고 소들이 거리 아무데나 똥을 쌉니다.

사람들과 릭샤와 소 떼를 비켜서 길목 끝으로 들어서니 강을 눈앞에 두고 사원들과 이상한 가게들이 늘어서 있습니다. 종이 울리는 사원마다 울긋불긋한 옷을 입은 신들이 모셔져 있고 가게마다 좌판엔 빨강·주황·노랑 물감, 한 무더기의 꽃들과 반짝이는 놋쇠 그릇, 향들이 쌓여 있습니다. 마치 소꿉장난 같습니다.

강으로 이어지는 돌층계에도, 물속에도 웃통을 벗은 남자와 사리를 입은 여자들이 득시글거립니다. 사람들은 몇 번인가 머리를 물 밑에 잠그고 떠올라선 두 손을 모아 중얼거립니다. 수백 명이 떼 지어 강물 속에서 기도하다니.

고요한 숲길이 꿈결처럼 이어진 치와울라와 비교하니 또또는 갑자기 이상한 나라로 떨어진 듯했습니다. 행여 엄마를 잃어버릴세라 엄마 손을 꼭 잡았습니다.

"인도 사람들은 어른도 소꿉장난을 해? 물감이랑 꽃이랑, 작은 그릇들은 뭐야?"

"저건 신들께 바치는 거야. 외할머니도 절에 갈 때 부처님 앞에 꽃 놓고 과일도 올리잖아."

"인도 사람들은 학교도 안 가고 회사도 안 가? 왜 모두 여기 모여서 목욕해?"

"갠지스강에 몸을 담그면 죄가 씻어지고 다음엔 보다 좋은 세상에 태어난다고 믿거든."

갠지스강은 세탁소인가 봅니다. 2천 5백 년 전에 부처님도 이곳에 오셔서 사람들이 강물에 몸을 씻는 것을 보셨다니 세계에서 가장 오래된 세탁소인 것 같습니다.

그러고 보니 녹색 물도 그다지 깨끗해 보이지 않습니다. 그 많은 죄들이 씻어졌으니까요. 무엇보다 돌고래가 걱정됩니다. 또또가 좋아하는 돌고래는 깨끗한 물을 좋아하니까요.

돌고래에 대한 걱정으로 또또의 가슴이 무거운데 엄마는 다른 생각을 하고 있었습니다.

"강물은 흐르면서 스스로를 맑게 해. 또 이곳에서 목욕하신 시바 신이 강을 지키실 거야. 그러니 수천 명이 목욕해도 더럽다고 생각하지 마. 인도 사람들은 마시기도 하는 걸."

인도엔 신이 많습니다. 또또가 아는 신만 해도 칼리, 크리슈나, 락쉬미, 코끼리 얼굴의 가네쉬가 있습니다. 사람마다 부모가 다르듯 종족마다 믿는 신도 다르다고 엄마가 가르쳐 주었습니다. 자기 부모를 존중하듯 남의 신도 존중해야 한다고요. 맞는 말입니다.

갠지스 강가의 벽엔 뱀을 몸에 휘감은 채 창을 들고 있는 시바 신이 그려져 있습니다. 또또는 칼리의 남편인 시바 신을 바라보며 혼자 중얼거렸습니다.

"인도 사람들은 웬 부모가 저렇게 많지?"

그날 엄마는 강가가 내려다보이는 호텔에 방을 얻었습니다. 때마침 보름달이 떠서 강을 훤히 비추었고 엄마는 발코니에 앉아 강을 내려다보았습니다.

연옥처럼 시끄럽던 강 앞의 풍경과 달리 밤의 갠지스는 고요하고 아름다웠습니다. 엄마는 긴 숨을 내쉬며 말했습니다.

"갠지스에 오니 정말 고향에 온 것 같구나. 얼마나 여기 오기를 기다렸는지."

"나도 고향 같아. 소꿉장난할 것도 많고 목욕탕도 있으니까."

"하긴 모든 강이 인간의 고향이지. 다 물에서 태어났으니까. 또또, 네가 자란 밥통도 물속이란다. 넌 열 달 간 그 속에서 세상에 나올 준비를 했지."

"그래서 내가 목욕탕을 좋아하는 거 아냐?"

또또는 여태 서울 참나리 아파트 17동 512호가 고향인 줄 알고 있었습니다. 그런데 강이 고향이라니 갑자기 부자가 된 듯합니다. 지난해 겨울방학 때 영모가 시골 고향에 간다고 해서 얼마나 부러워했는지 모릅니다.

이제 또또는 방학 때마다 갈 고향이 생겼습니다. 그것도 한 군데가 아니라 수백 군데입니다. 세상의 강이란 강은 다 또또의 고향이니까요.

갠지스는 모든 사람의 고향이기도 해서 별의별 사람이 다 모여 있었습니다.

다음날 아침 또또는 갠지스강이 내려다보이는 호텔 옥상에서 좋아하는 계란 프라이와 차이로 식사를 하고 밖으로 나섰습니다.

강가에선 여러 남자와 여자들이 돌에다 옷감을 내리치며 빨래하고, 물속에선 오늘도 수많은 사람들이 몸을 씻고 기도하고 있었습니다.

고향이 세탁장이란 건 정말 마음에 들지 않습니다. 또또는 이제야 우르미디가 왜 환경보호운동가가 되었는지 알 것 같습니다. 우르미디가 보았더라면 갠지스가 병이 날까 봐 걱정했을지 모릅니다.

그래도 떠오르는 해를 향해 두 손을 모아 기도 드리는 모습은 고시 공부하는 학생들만큼이나 열심입니다. 뜨거운 볕 아래서 인도 사람들은 무엇을 저토록 간절히 신께 빌까요.

아침인데도 긴 머리에 지팡이를 들고 가는 사람을 세 명이나 만났습니다. 또또는 인도에 와서 그런 사람들을 많이 보았지요. 주황색 천을 걸치고 사원에서 기도하거나 방랑하는 사두들입니다. 사두 한 사람이 또또 옆으로 지나가며 "나마스테." 인사했습니다. 또또도 "안녕." 인사하며 호기심을 드러냈습니다.

"사두는 무얼 하는 사람이에요?"

"사는 게 뭔지 알려고 신께 기도하는 사람이지. 사두는 신의 종이야."

"종이란 말을 쓰시면 안 돼요. 사람은 평등하다고 장이 말했어요."

"얘야, 신과 사람은 평등하지 않다. 신은 한없이 높으시고 귀하신 분이다."

"한없이 높으신 신을 전 볼 수 없어요. 아직 키가 작거든요."

몇 걸음 걸어가니 사두보다 더 눈길을 끄는 사람이 돌계단에서 있었습니다. 머리와 수염을 기른 데다 목욕탕에서처럼 발가벗은 어른이 회색 재를 몸에 바르고 있었습니다. 엄마는 놀라서 고개를 돌렸지만 또또는 재미있어서 옆으로 다가갔습니다.

"아저씨, 안녕. 벌거벗은 임금님처럼 옷을 벗었네요."

"벌거벗은 임금님은 자신이 벌거벗은 걸 몰랐지만 난 잘 알고 있단다. 난 벌거벗은 걸 자랑스럽게 생각하니까."

"아저씬 특별한 걸 좋아하시나 보죠."

"그게 아니다. 우리들은 물질을 갖지 않으려고 이렇게 옷 하나도 걸치지 않는 거란다. 무언가를 가짐으로써 욕심이 자꾸 생기니까 욕심의 뿌리가 자라지 않도록 고행을 하는 거란다."

"날씨가 따뜻하길망정이지 아주 추워지면 얼어 죽을지도 몰라요. 옷이 없으면 옷걸이도 쓸데없어지고 옷감 공장도 문을 닫아야 하잖아요. 빨래할 일도 없으니 로키야는 월급을 못 받을 거예요."

"얘야, 옷걸이니 빨래니 그런 건 발톱만큼도 중요하지 않은 거란다. 우리는 영혼에 대해 생각해야 해. 어떤 상표의 신발을 신을까, 몇 평의 아파트에 살까 따위의 욕심은 먼지처럼 우리 영혼을 흐리게 할 뿐이야."

"영혼이 뭐예요?"

"영혼은 우리 몸속에 머물러 있는 진짜 주인이지만 눈엔 보이지 않지. 영혼이 빠져나가면 우리의 몸은 껍데기일 뿐이야."

"난 눈에 안 보이는 건 몰라요. 난 뜨겁지 않은 햇빛과 강물을 좋아하고 기분이 좋으면 노래를 불러요. 그것뿐이에요."

벌거벗은 고행자와 헤어져 강가로 걸어가다가 또또는 이번엔

도사 할아버지를 만났습니다. 여느 사두들처럼 주황색 옷을 입고 이마엔 흰 줄이 그어져 있지만 표정이 달랐습니다. 할아버지는 강가에 배를 대어 놓고 강물 같은 표정으로 수평선을 바라보고 있었습니다.

"산야 님이야." 엄마가 속삭여서 궁금증이 많은 또또는 산야에게 다가갔습니다.

"안녕, 산야 님. 이 배는 산야 님 배인가요?"

"그렇단다. 난 삼 년 전부터 이 배로 갠지스강을 순례하고 있지. 신들께 기도를 바치려고 말이야."

산야 님이 가리킨 배는 누더기 헝겊으로 천막이 쳐진 배집이었습니다. 늘 물 위에서 흔들리는 집이라니, 얼마나 신날까요.

"그런데 산야 님은 왜 배에서 살아요? 가족들은 없나요?"

"가족도 있고 땅엔 내 집도 있다. 단지 난 때가 되어서 그들과 헤어진 거야. 우리 인도 사람들은 마땅히 네 가지 삶을 거쳐야 한다고 생각하지. 어려선 공부하고 청년기엔 결혼하여 삶의 즐거움을 누리고 자식을 낳아 키우고 이 모든 의무를 마치면 나처럼 집을 떠나 성지를 다니고 남은 인생을 정리하지. 우리 같은 사람을 산야라고 해."

"저도 산야가 될 수 있을까요? 저도 흔들리는 배집에서 살고 싶어요."

"축복을 내려 주마."

산야 님은 입속으로 뭐라 중얼거리며 또또의 이마 밑에 붉은 물감을 찍어 주었습니다. 엄마도 다가와 축복을 해 달라며 머리를 내밀었습니다. 엄마 이마 밑에 찍힌 붉은 점이 꽃잎 같기도 하고 상처 같기도 합니다.

걸음을 옮기며 또또가 물었습니다.

"엄만 왜 산야 님께 축복을 내려 달라고 해? 힌두교도도 아니면서."

"저분의 모습이 평화로워서 그랬어. 엄마도 네가 크고 나면 산야처럼 방랑하면서 저렇게 살고 싶다."

"난 안 클 거야. 헤어지는 건 싫어."

또또는 엄마가 막 떠나가기라고 할 것처럼 옷자락을 붙잡았습니다.

"네가 어른이 되면 네 짝을 찾을 거고 그럼 엄마는 네게 더 이상 할 일이 없어. 사람은 언젠가 헤어지는 거란다. 장 아저씨도 그렇게 말했잖아."

엄마가 또또 손을 다시 잡아 층계를 올라가니 위쪽에서 사람들의 외침 소리가 들렸습니다. 사람들이 들것을 들고 골목에서 뛰쳐나와 강가로 내려오고 있었습니다. 들것 위엔 붉은 천이 덮여 있고 꽃이 장식돼 있었습니다. 또또는 그것이 무엇인지 한눈에 알았습니다. 전에 마단쁘리에서 들것을 본 적이 있으니까요.

"죽은 사람이야."

이번엔 또또가 놀라지 않았고 엄마는 자리에 선 채 물끄러미 화장터를 바라보았습니다.

강가에선 이미 한 구의 시체가 장작더미 속에서 타오르고 있었습니다. 꽃으로 덮인 들것을 강가에 놓자 두 사람은 장작을 쌓고 한 사람은 작은 병에 강물을 담아 왔습니다. 그리고 붉은 천을 벗겨 죽은 사람의 얼굴에다 강물을 부었습니다. 엄마가 목소리를 낮추어 말했어요.

"고향인 갠지스로 돌아가라는 뜻인가 봐."

어느덧 쌓아 놓은 장작 위에 시신이 올려지고 그 위로 다시 장작이 쌓였습니다. 불이 당겨지는 것을 보면서 또또는 얼굴을 찡그렸습니다.

"뜨겁겠네."

"죽으면 뜨거운 걸 못 느껴. 괴로움도 없어. 혼이 떠난 몸은 허물 같은 거야. 할아버지도 몸만 가신 거야. 할아버지 혼이 지금 우리 위로 떠돌고 있을지도 몰라."

"그래도 안 돌아가셨더라면 좋았을걸."

붉게 타오르는 장작더미를 바라보다 엄마의 눈에 어느새 눈물이 고였습니다. 엄마는 얼굴을 하늘로 향하고 가만 눈물을 훔쳤습니다. 정말 할아버지 혼이 지켜보고 있다면 엄마의 눈물을 씻어 줄 텐데. 장은 할아버지가 편안히 눈을 감았다고 말했지만 엄마가 슬퍼하는 걸 보신다면 할아버지도 가슴 아파할 것이 틀림없습니다.

화장터 위쪽에서 아이들이 뛰노는 소리가 들려왔습니다. 엄마는 또또 손을 잡고 아이들을 향해 걸음을 옮겼습니다.

해가 서쪽으로 기울어 갈 때 또또는 드디어 배를 탔습니다. 헤엄칠 줄 모르는 또또가 돌고래를 만나는 길은 배를 타는 것밖엔 없습니다. 또또는 들떠서 가슴이 더워졌고 그 마음을 알아주듯 사원 여기저기서 종소리가 울렸습니다.

아직도 장작더미가 불타는 화장터를 스쳐 사공이 강 안쪽으로 뱃전을 돌렸습니다. 강 맞은편에 텅 빈 모래사장이 하얀 띠처럼 펼쳐져 있습니다. 그 위에 갈색의 큰 새떼들이 앉아 쉬고 있습니다. 사원들이 늘어선 강변과 백사장이 펼쳐진 맞은편은 지옥과 천국처럼 다릅니다. 이쪽은 종소리와 사람들의 물결로 소란하고 저쪽은 꿈길처럼 고요합니다. 이쪽에서 죄를 씻고 기도하면 강 저쪽의 백사장 풍경처럼 마음이 깨끗해질지 모릅니다.

배가 강 한가운데로 나아가자 녹색 물빛이 잉크빛으로 넘실거립니다. 엄마는 또또에게 고래밥을 꺼내라고 일러주었습니다. 여태 백사장만 바라보았지만 엄마는 중요한 것을 잊지 않았습니다.

"넌 돌고래를 만나야지. 서울서부터 고래밥을 들고 왔잖아."

또또는 배낭에서 두 통의 고래밥을 꺼냈습니다. 참지 못해 한 통을 먹어버렸지만 과자를 옆에 두고 세 달 넘게 손대지 않은 것은 백 일 기도만큼이나 힘든 일이었습니다.

또또는 고래밥을 한 주먹씩 꺼내 차례차례 뿌렸습니다. 낯익은 새우 냄새가 코끝에 맴돌면서 고래밥이 물 위로 꽃잎처럼 흩어집니다. 금방이라도 돌고래가 머리를 쳐들고 솟아오를 것 같습니다.

그러나 어찌 된 일인지 고래밥이 흩어져 흘러가도록 아무 소식도 없습니다. 물결만 일렁일 뿐입니다. 또또는 봉지에 남은 마지막 고래밥을 뿌리며 중얼거렸습니다.

"난 널 보러 먼 동쪽 나라에서 왔단 말야. 제발 얼굴 좀 내밀어, 나나에게 널 보여 주고 싶단 말야."

바로 그때 저만치 앞에서 희끗한 물체가 떠 있는 것이 눈에 들어왔습니다. 그것은 거의 물에 잠겼다 솟았다 하면서 배 쪽으로 밀려왔습니다. 그것을 지켜보던 뱃사공이 "바디."라 말했고 엄마는 "시체?"라고 되물었습니다.

"돌고래가 죽은 거야?"

"그런가 봐."

"왜 여기선 다 죽어? 사람도 죽고 돌고래도 죽고."

또또는 아침에 본 붉은 천이 덮인 들것을 떠올리곤 이마를 찡

그렸습니다.

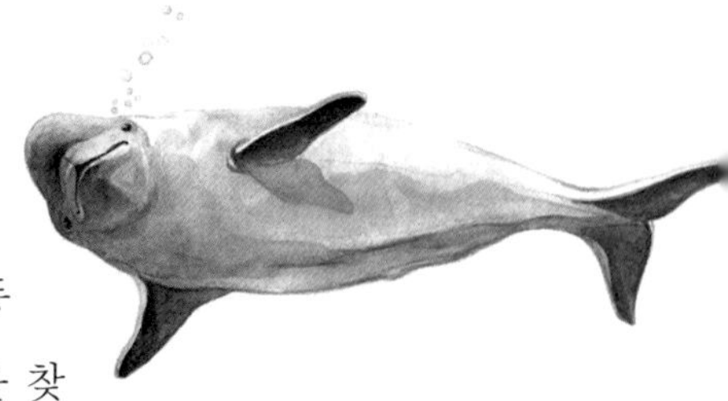

"갠지스강은 고향이니까 마지막으로 고향에 돌아온 거야. 동물도 마지막엔 사람처럼 고향을 찾아. 고향에서 죽고 고향에서 다시 태어나고, 너도 이별 인사를 해 주렴."

처음 만나자마자 이별 인사라니. 뻣뻣한 물체가 돌고래인지 정확히 알 수 없었지만 또또는 맥이 빠졌습니다. 돌고래를 만나려고 먼 길을 달려 왔더니 그것은 어느새 배를 등진 채 흘러가고 있었습니다. 또또는 희끗한 물체가 물 위에서 사라질 때까지 지켜보았습니다. 어제는 들떠서 밤잠을 설쳤던 나나가 힘없이 먼저 인사했습니다.

"안녕, 돌고래. 다음에도 바다에서 착한 돌고래로 태어나라. 그것이 너를 위해 더 행복할 거야."

하늘로 막 매 한 마리가 날아오르는데 두 소녀를 실은 배가 가까이 다가왔습니다. 눈이 왕사탕만 한 예쁜 소녀들이었습니다. 그중 머리를 땋은 소녀가 나뭇잎을 내밀었습니다. 봉오리처럼 싸인 나뭇잎 속엔 꽃잎들과 불 켜진 심지가 담겨 있었습니다.

"아름답다."

엄마는 두 손에 나뭇잎을 받아들고 꿈꾸듯 미소 지었습니다.

강과 소녀들과 나뭇잎에 담긴 불꽃, 이 모든 것이 눈부셔서 또또는 꿈을 꾸는 것 같았습니다.

머리칼이 어깨 위로 흘러내린 소녀가 이번엔 또또에게 나뭇잎을 내밀었습니다. 또또가 얼굴을 붉히며 그것을 받아드니 소녀는 손을 내밀려 "루피."라고 말했습니다.

"아, 돈 말이지."

엄마의 얼굴엔 실망의 빛이 스쳐갔습니다. 또또도 꿈에서 깨어났습니다. 엄마는 이내 웃으며 동전들을 소녀에게 나눠 주었습니다.

소녀들은 그제야 배를 돌리며 손을 흔들었고 엄마도 손을 마주 흔들었습니다. 천사는 아니었지만 소녀들은 아름다웠습니다.

"엄마는 이걸 외할아버지께 띄울 거야. 너도 같이 띄우겠니?"

소녀들의 배가 멀어져 가자 엄마는 몸을 강 위로 기울여 나뭇잎을 가만 띄웠습니다. 이낏빛 물결 위로 불꽃이 가물거리며 밀려갑니다. 마침 하늘 한끝에서 노을이 지더니 파도치듯 어느새 장밋빛으로 물들었습니다.

"아버지, 다음엔 향기 가득한 땅에 등불처럼 내리셔요. 슬픔이라도 있으면 이 강에 다 훠훠 털으시고 깃털처럼 가볍게 오르셔요."

"할아버지, 안녕. 다시 만나면 착한 또또가 될게요."

엄마 따라 할아버지께 인사한 뒤 또또는 나뭇잎을 강물 위에 띄웠습니다. 이것은 돌고래에게 보내는 것입니다. 오랫동안 기다려서 만난 돌고래를 바람처럼 보낼 수는 없으니까요.

"안녕, 돌고래. 다시 태어나 만나면 우리 함께 바다를 여행하자. 그땐 내가 잠수부가 되어 오징어를 잡아 줄게."

본명 돌고래에게 인사했건만 말은 입안에서 헛돌았습니다. 몸 한구석이 허물어진 듯한 느낌도 들었습니다. 이별을 한 것은 돌고래가 아니라 다른 무엇 같기도 했습니다. 그러나 그것이 무엇인지 또또는 알 수 없었습니다.

강에도 노을이 반사되어 장밋빛으로 물들었습니다. 장밋빛 물결 위로 나뭇잎에 싸인 두 개의 불꽃이 흔들리며 아스라하게 멀어져 갑니다. "안녕." 또또와 나나는 가만 손을 흔들었습니다.

갠지스강에서 보낸 사흘간은 아무래도 꿈인 듯싶습니다. 연옥 같기도 하고 천당 같기도 합니다. 법당에 그려진 울긋불긋한 탱화 속으로 들어갔다 나온 기분입니다.

갠지스에서 사흘 밤을 보내고 또또는 다음날 캘커타 행 밤 기차를 탔습니다. 이제 치와울라로 돌아가는 겁니다. 우르미디와 장이 기다리는 질서의 세계로.

종일 돌아다녔는데도 피곤하지 않아서 또또는 밤늦도록 창가에 앉아 있었습니다. 창가에서 바라보는 광경이 영화 장면같이 바뀌어서 시간도 빨리 흘러갔습니다.

처음 차에 탔을 땐 앞자리에 앉은 인도 아줌마가 배웅 나온 할머니와 헤어지는 것을 보았습니다. 두 사람은 딸과 어머니 사이였어요. 할머니는 낡은 사리 끝에 꼬깃꼬깃 숨겨 둔 돈을 딸의 손에 쥐여 주었습니다. 딸은 한사코 뿌리치다 차가 떠나자 마지못해 받았습니다.

할머니는 떠나는 기차에 매달려 할 수 있는 한까지 따라왔습니다. 눈물 어린 얼굴로 딸에게 무어라 말했고 딸은 고개를 끄덕이며 가라는 손짓을 했습니다.

할머니 모습이 더 이상 보이지 않게 되자 여자는 참았던 눈물을 쏟았습니다. 눈이 붉어지도록 흐느껴 우는 여자를 물끄러미 바라보다가 엄마는 손수건을 건네주었습니다.

밤 기차에서 보는 광경 중 가장 머리에 남는 것은 차이 장수들의 외침입니다. 기차가 서면 차이 장수들은 주전자를 들고 쏟아져 나와 "차이, 차이." 어둠 속에서 외칩니다.

엄마는 장수가 지나갈 때마다 차이뿐 아니라 삶은 달걀과 바나나, 사무사도 샀습니다. 이것들을 먹지도 않고 밀어 놓곤 또또에게 말했어요.

"저 사람들은 몇 루피를 벌려고 밤늦도록 소리치고 다니는구나. 노력하지 않는다는 건 부끄러운 일이야. 또또, 너도 이제 무언가를 해야지. 내년 여름부턴 학교에 가고 그동안 다른 것도 배워 봐."

"어떤 것?"

"악기 같은 것. 넌 피아노를 쳤으니까 다른 악기를 배워도 잘할 수 있을 거야. 얼마 전에 일곱 살 소년이 바이올린 비슷한 현악기를 배우는 걸 본 적이 있어. 엄만 그때 네 생각을 했어. 엄만인도 음악 좋아하는데 너도 배우면 좋아하게 될 거야."

"집에 엑따가 있으니까. 바울처럼 그걸 치지."

아무 뜻 없이 바울 얘기를 꺼냈더니 다음 정거장에서 주황색옷을 입은 바울이 소년을 데리고 기차에 탔습니다. 바울은 사람들을 비켜서 또또가 앉은 자리의 통로에 자리 잡았습니다. 바울이 엑따를 치니 철사로 된 줄이 맑은 가락을 만들고 소년은 높은 음의 노래를 부르기 시작했습니다.

바울의 아들인 듯한 소년의 옷은 누추했으나 큰 눈망울은 아무런 두려움도 없어 보였습니다. 엄마가 또또 귓가에 소곤거렸습니다.

"노래를 썩 잘하지?"

"노래하는 게 즐거운가 봐. 나도 장한테 노래 배울까? 장은 노래를 잘해."

"노래 배우고 싶어? 정말?"

엄마는 믿기지 않는다는 듯 눈을 크게 뜨고 물었습니다. 또또는 선선히 고개를 끄덕였습니다. 그때는 몰랐지만 운하에서 들었던 장의 노래가 가슴 깊이 남아 있었던 모양입니다.

목에 핏대를 올리며 노래하던 소년이 어느새 노래를 끝내고 사람들 앞에 손을 내밀었습니다. 엄마는 소년에게 십 루피를 주고 또또에게 따로 동전을 주었습니다.

"노래를 들었으면 감사를 표시해야지."

소년은 또또의 동전까지 받고 활짝 웃으며 돈을 이마에 갖다 대었습니다.

바울이 자리를 옮기자 또또는 엄마 무릎을 베고 누웠습니다. 졸리는지 눈이 따끔했습니다. 온종일 다녔으니 피곤하기도 합니다. 엄마는 또또를 안아 침낭 속에 넣어 주고 머리를 쓰다듬었습니다.

"돌아가면 선생님부터 찾아보자. 인도 노래는 인도 선생님한테 배워야지. 사실 넌 아빠를 닮아서 노래를 잘 해. 중요한 것은 노래를 배우고 싶다는 네 마음이지만."

얼마나 시간이 흘렀을까.

기적 소리를 들으며 어딘가로 한참 걸어가는데 바로 눈앞에 나비 한 마리가 어른거렸습니다. 투명한 날개에 흰 점박이 무늬가 있는 아름다운 작은 나비였습니다. 또또가 그것을 잡으려고 살금살금 다가가는데 귀에 익은 목소리가 뒤에서 들려왔습니다.

"내가 큰 나비 잡아 줄게."

나나 앞으로 두 마리의 큰 나비가 하늘거리며 맴돌고 있습니다. 하나는 보랏빛이고 하나는 엷은 주황색 나비입니다. 날개가 부챗살처럼 펴진 보랏빛 나비가 주황색 나비를 뒤쫓고 있습니다.

주황색 나비가 하늘 위로 치솟더니 다시 내려왔고 순간 보랏빛 나비가 주황색 나비 위에 날개를 접으며 앉았습니다. 나나는 구름처럼 손을 뻗어 한 쌍의 나비를 잡았습니다.

"하나가 된 두 마리 나비야."

나나는 기쁨이 가득한 얼굴로 나비들을 또또 손에 옮겨 주었습니다. 또또는 부서질세라 조심스럽게 날개를 잡고 함박 웃었습니다. 아까 잡으려 했던 작은 흰 점박이 나비는 어디로 갔는지 보이지 않고 한 쌍의 큰 나비가 또또의 손에서 날개를 떨고 있습니다.

나나를 부르며 얼마나 뛰었을까. 갑자기 절벽이 나타났는지 또또의 몸이 허공에 떨어졌습니다. 또또는 소리치며 벌떡 일어났습니다.

"꿈을 꿨니?"

어둑한 차창 옆에 엄마가 앉아 있습니다. 기차 안의 사람들이 자고 있는 걸 보면 밤 시각인 듯합니다. 또또는 멍하니 눈을 깜박이다가 짧게 꿈 얘기를 들려주었습니다.

"나비를 잡고 뛰어가다가 절벽에서 떨어졌어."

"크려고 그런 거야. 절벽 같은 데서 떨어지면 그사이 키가 큰 거란다. 엄마도 어릴 때 그런 꿈을 꾸었어."

또또는 나비 얘기를 하려다 그만두었습니다. 어쩐지 나나 얘기는 하고 싶지 않았습니다. 한 쌍의 나비를 잡아 주고 사라져 버린 나나.

또또는 침낭에서 빠져나와 엄마 앞에 앉았습니다. 엄마가 또또를 두 손으로 안아 주는데 흘끗 창을 보니 제 얼굴이 비쳤습니다. 창에 비친 엄마가 또또를 보고 웃고 있었지만 또또는 제 얼굴을 낯설게 바라보았습니다. 왠지 제가 예전의 또또가 아닌 듯 여겨졌습니다. 꿈에서 깨어난 탓일까. 아니면 정말 커 버린 것일까.

엄마가 이층 침대칸으로 올라간 뒤 또또는 창밖을 내다보았습니다. 쉬 잠이 올 것 같지 않았습니다. 기차는 찬바람을 가르며 끝도 없이 달리고 있었고 먹물 같은 어둠 속에서 별들이 투명하게 빛났습니다.

달리는 기차에선 별자리를 찾기가 힘듭니다. 창으로 목을 빼고 하늘을 올려다보는 또또의 얼굴로 마른 나뭇잎이 스쳐갔습니다. 어둠 속으로 스러지는 나뭇잎을 지켜보노라니 검은 강물이 일렁이면서 혼불처럼 반짝이는 것이 있었습니다.

그것은 갠지스강에서 띄워 보낸, 나뭇잎에 싸인 꽃불이었습니다. 불꽃을 지키면서 나뭇잎은 이 밤에도 흐르고 있나 봅니다.

"안녕, 돌고래. 안녕, 나나. 너도 다시 오지 않겠지."

이렇게 인사하고 나자 또또의 가슴 한구석이 텅 빈 듯했습니다. 눈부신 한 쌍의 나비를 건네주고 나나가 가 버린 것은 헤어질 시간이 왔기 때문일까요. 아니, 나나는 한 쌍의 나비로 또또의 가슴속에 영원히 묻힌지도 모릅니다.

그러나 저 나뭇잎이 바다에 닿을 때면 또또는 갠지스강에서의 이별을 잊을 겁니다. 그땐 나무처럼 자라서 다른 무엇을, 다른 누군가를 사랑하고 있을 겁니다.

기차가 철교를 지나자 꽃불이 갑자기 모여들어 별가루처럼 반짝였습니다. 자세히 보니 그것은 어둠 속을 날아다니는 개똥벌레였습니다.

■ 수록 작품 출처

내 마음의 지도 • 김선우
_『어디 아픈 데 없냐고 당신이 물었다』, 청림출판, 2011.

잃어버린 여행 가방 • 박완서
_『잃어버린 여행 가방』, 실천문학, 2005.

세상에서 가장 아름다운 묘소 타지마할 • 법정
_『인도기행』, 샘터, 2006.

날마다 죽으면서 다시 태어난다 • 법정
_『인도기행』, 샘터, 2006.

나의 시체를 미리 태운 바라나시 • 동명
_『인도신화기행』, 북하우스, 2007.

인도 소풍, 나는 아직 수염을 깎지 않았다 • 문인수
_『인도, 그 아름다운 거짓말』, 애플북스, 2008.

소중한 만남 • 이해인
_『마더 데레사의 아름다운 선물』, 샘터, 2001.

속도, 그 수레바퀴 밑에서 • 나희덕
_『반통의 물』, 창비, 1999.

갠지스강에서의 이별 • 강석경
_『인도로 간 또또』, 열림원, 2003.

나의 인도

초판 1쇄 인쇄 2018년 11월 12일
초판 1쇄 발행 2018년 11월 30일

지은이 박완서 법정 신경림 이해인 문인수 강석경 나희덕 동명 박형준 김선우 이재훈
펴낸이 정중모 출판등록 1980년 5월 19일(제406-2000-000204호)
편집인 함명춘 주소 경기도 파주시 회동길 152
펴낸곳 도서출판 열림원 전화 031-955-0700 팩스 031-955-0661~2
임프린트 책읽는섬 홈페이지 www.yolimwon.com 전자우편 editor@yolimwon.com

- 책읽는섬은 열림원의 임프린트입니다.

- 이 도서의 국립중앙도서관 출판예정도서목록은 서지정보유통지원시스템 홈페이지(seoji.nl.go.kr)와 국가자료공동목록시스템(nl.go.kr/kolisnet)에서 이용하실 수 있습니다. (CIP제어번호: CIP2018032765)
- 책값은 뒤표지에 있습니다. 잘못된 책은 구입하신 곳에서 교환해 드립니다.

ISBN 979-11-88047-66-6 03810

만든 이들 _ 편집 이양훈 디자인 강희철